Armería
un libro vaquero

COLECCIÓN EL AHUEJOTE

Javier García-Galiano

Armería
un libro vaquero

UMBRAL

3114300705410O
SP Fic Gar
Garcia-Galiano, Javier,
1963-
Armeria : un libro
vaquero
1. ed.

Ilustración de la portada: JOHANN MORITZ RUGENDAS (1802-1858), *El Nevado de Colima visto desde la Cuesta de Zapotlán*, 1834, óleo sobre cartón beige (24.7 x 36 cm), Instituto Ibero-Americano de Berlín, Fundación Patrimonio Cultural Prusiano

Viñetas de Pablo Elizondo

Primera edición, septiembre de 2002

© 2002 Javier García-Galiano
© Libros del Umbral, S. A. de C. V.
Avenida de la Vereda 12, altos 2
Villa Coapa, 14390 Tlalpan, D. F.
Tel. 56.73.30.79
librosdelumbral@prodigy.net.mx

ISBN 968-5115-31-1

DERECHOS RESERVADOS CONFORME A LA LEY
Impreso y hecho en México / *Printed and made in Mexico*

ÍNDICE

La maldición del mendigo	11
Una iniciación consuetudinaria	14
La realidad clandestina	19
Pequeña crónica de un robo	22
La fiebre aftosa	24
La prueba	30
Anuncios telegráficos	34
Un viaje en tren	40
Investigaciones rutinarias	43
La recompensa	46
Informes comerciales	49
Recortes de periódico	51
Muertes premonitorias	53
Ocho columnas	55
El sacrificio	57
Nota roja	61
Deseos inconclusos de un aficionado a las carreras de caballos	65
Jockey Club	67
Razones de la ira	70
Revelaciones etílicas	74

Errancias	78
Tribulaciones de un agente de seguros	84
Memorias del herradero	86
Los trashumantes	89
Cuestiones hípicas	94
Minucias policiales	98
Consideraciones de El Vigía	100
La Repudiada	102
Manual práctico de guardia	105
Ejercicios espirituales	109
La penitencia	115

para Cecilia Jarero

La maldición del mendigo

No trataba de parecerlo; en realidad, era repugnante. Provocaba asco sin recurrir a gestos, enfermedades incurables o supuraciones. Lejos del arrepentimiento, hacía uso de su aspecto ignominioso para mendigar, ayudándose de un palo convertido en bastón rústico. No imploraba conmiseración, sino que exigía dinero. Apostado en una esquina inevitable, su súplica encubría una amenaza reforzada por el odio reconcentrado de su mirada. Los transeúntes trataban de eludirlo, pero su habilidad se interponía para obligarlos a ejercer la caridad, la cual recibía con desprecio, casi como una humillación que no merecía agradecimiento.

A veces, el lugar donde se situaba estratégicamente ese mendigo estaba vacío, lo cual representaba un alivio para los paseantes consuetudinarios, pero la presencia acechante del limosnero parecía permanente. Algunos habían aprendido a enfrentarlo, negándole con firmeza el auxilio solicitado, pero muchos apresuraban el paso al verlo y no sólo las mujeres bajaban la cabeza ante él. Había quien trataba de eliminar el miedo regalándole cualquier moneda. El miserable, entonces, no intentaba siquiera un gesto de gratitud. Sólo escrutaba con detenimiento morboso a los transeúntes, mirándoles desafiantemente el rostro, el cuello, las manos, la ropa, la bolsa o el portafolios, en busca de pertenencias que los delataran o pudieran avergonzarlos.

El limosnero despreciaba la caridad y cualquier sentimiento conmiserativo, pero una señal suya podía convertirse en una maldición efectiva. Con un gesto, no siempre disimulado, marcaba a la víctima, luego de haber estudiado su ajuar. Hombres ocultos en zaguanes, a la sombra de un rellano o exhibiéndose al sol, comprendían la orden y emprendían la persecución del elegido, que quizá había cumplido con sus obligaciones caritativas de una manera generosa. El acecho no duraba muchas calles, pues esos hombres siempre encontraban la entrada de un edificio desolado, un callejón solitario o un paraje propicio para lograr su cometido. A veces, golpeaban a la víctima, aunque no opusiera resistencia, o le aplicaban una llave china, aprendida en el ocio de la mañana de algún vecindario derruido. Luego le quitaban el dinero, el reloj, los anillos, las joyas y quizá los zapatos. La huida era lenta, desidiosa y más bien representaba un retorno rutinario a sus posiciones secretas para quedar a la espera de una nueva señal.

Aunque alguna vez se había entregado, la policía no había reconocido al delincuente Evaristo Almada en la figura de ese mendigo. Tampoco le creyó que una banda de maleantes lo obligaba a suplicar caridad en las calles y a escrutar a los paseantes para identificar a las víctimas susceptibles de ser asaltadas. Aquella noche en la comisaría, sólo recibió burlas soeces y un desprecio vago, lo que provocó en él amenazas incumplidas, con las cuales trataba de mostrar una ira que pronto se convirtió en tristeza.

Evaristo Almada había adquirido cierta celebridad por haber protagonizado un incidente de traición pasional, que lo condujo a la cárcel y a la página de "Orden Público" de un periódico local. Alguna crónica lo involucraba asimismo en el robo de *Venus*, una yegua de tres años, que desapareció cuando la llevaban a competir en el hipódromo de Tijuana. Como suele suceder en esos casos, las sospechas se difundieron sin necesidad de fundamento, incluso se llegó a culpar al propietario, Renato Tavera, un ganadero de Novolato, Sinaloa, que había decidido establecer una cuadra de caballos de carreras. También se habló de bandas de apostadores, dueños de casinos y políticos deshonestos, pero la policía guardó silencio. Un rumor creciente sostuvo que esa yegua fascinante era cuidada con afecto en un rancho cercano al mar, y había quien afirmaba que la había visto correr en carreras parejeras. Sin embargo, a Almada no le hubieran creído si hubiera narrado algunos episodios de su pasado, que alguna vez había considerado heroicos. Su existencia, como la de todos, era un equívoco que ya ni siquiera lo avergonzaba.

Una iniciación consuetudinaria

Evaristo Almada se había criado en El Rosario, un rancho donde los cebúes crecían entre cocoteros, y en cuyas tierras de temporal se cultivaban ciruelos y limoneros. Su aprendizaje esencial consistió en la ordeña, el corte de la cosecha y el cuidado de pequeños hatos. Desde muy joven se distinguió por ser un buen jinete y por su habilidad para manejar el ganado. Martín Zúñiga, un vaquero rudo y cumplido, observaba con interés su desempeño cada vez más eficiente, imponiéndole pruebas elementales como azuzar su caballo, asustar a los becerros o enervar a las reses más bravas. Evaristo resolvía esos incidentes con naturalidad solícita, sin entender que se trataba de provocaciones.

En El Rosario, durante las largas guardias nocturnas y en las horas de ocio, se contaban historias de prófugos, de desapariciones misteriosas y, sobre todo, de abigeos. Los ladrones de ganado se habían vuelto los más temidos porque aparecían con demasiada frecuencia y practicaban la crueldad para obtener el botín de caza deseado, lograr la huida y evitar cualquier rastro o sospecha. Muchos peones habían muerto defendiendo reses más o menos valiosas, o habían quedado tullidos intentándolo. Cuando ocurría un robo sin enfrentamiento, los responsables de la guardia eran señalados como cobardes. Algunos preferían no reconocer a los bandidos por temor a una venganza. Ante ciertos nombres míticos como Cabeza de Chivo, La Gamuza o Federico Calleja, el odio y la indefensión se ahogaban en un trago de café o de tequila, o se disimulaban disfrazándolos de valentía.

Muchas veces, esas conversaciones parcas derivaban en conjeturas. Los más jóvenes deseaban en secreto enfrentarse a esos célebres delincuentes para acceder a una pronta heroicidad. Aburridos de esa antigua amenaza, los veteranos solían callar, y no faltaba quien agotaba su imaginación urdiendo encuentros fatídicos con el enemigo común. Esas pláticas terminaban convirtiéndose en sugerencias elementales: algunos aconsejaban facilitarles la retirada anunciando ruidosamente la llegada de la guardia, los menos confesaban que buscarían refuerzos o, de plano, recurrirían a los federales. No pocos aseguraban que tratarían de capturarlos para reservarles un castigo ejemplar. Martín Zúñiga solía interrumpir esas disquisiciones con una resolución contundente: "Yo no averiguo, si no reconozco a alguien, le sorrajo un plomazo."

Como suele suceder, los hechos resultaron inesperados. El domingo en la madrugada, el administrador del rancho, el caporal y dos vaqueros fueron encontrados muertos no muy lejos de los corrales. Los cuerpos del administrador y el caporal no podían ocultar dos tiros certeros en la frente. Los dos vaqueros, en cambio, habían sufrido balazos menos atinados.

La confusión provocó sospechas, interrogatorios e incluso delaciones. Al administrador Ernesto Aguirre no se le conocían amoríos ni reyertas de borracho. No se descartó el intento de robo, pero pronto fue rechazado con un argumento contundente: el ingeniero Aguirre nunca tenía dinero. También se desechó un enfrentamiento con una banda de abigeos porque no había indicios de alguna irrupción furtiva en el rancho. Por eso se dedujo un pleito laboral o una venganza secreta. Todos podían ser culpables, por lo que surgió el recelo mutuo, la suspicacia y la intriga. Sólo la noche del lunes se percataron de un hecho evidente: Martín Zúñiga y Evaristo Almada habían desaparecido.

Aunque de inmediato se conjeturó su culpabilidad, persistió la duda, aludiéndose a que resultaba común que vaqueros y peones se fueran, sin avisar, en busca de fortuna. Se creía, además, que Evaristo Almada era un joven ingenuo, cumplido e incapaz para el mal. Martín Zúñiga, por su parte, carecía de razones para cometer ese crimen.

Nunca se supo en el rancho El Rosario que Evaristo Almada despertó hambriento una mañana en el cuarto que representaba la única celda de la cárcel de la Ciénega, Durango. No se había necesitado de juicio para condenarlo, pues fue sorprendido en la noche conduciendo ganado robado. Almada negó las evidencias y, según él, dijo todo lo que sabía: sólo conocía a uno de los hombres que lo acompañaban, los cuales habían escapado. Ese hombre se llamaba Martín Zúñiga y había entablado amistad con él en un rancho de Colima. Los habían contratado para entregar esas reses en algún lugar de Durango, cuyo nombre desconocía. Por supuesto, ignoraba que se tratara de ganado robado, pero se negaba a reconocer que había sido víctima de un engaño.

Quizá la justicia de la Ciénega hubiera podido creer en su inocencia por la indolencia con la que enfrentaba las acusaciones, pero, para algunos, esa desidia resultaba sospechosa.

Almada estaba acostumbrado al aburrimiento y, a pesar de detestar la pereza, aprendió a pasar los días durmiendo y rumiando sus escasos recuerdos y esperanzas. Añoraba las faenas del campo, que evocaba ayudándose de los ruidos vagos que, como un eco, le llegaban del exterior. A veces, era sometido a interrogatorios reiterativos que lo entretenían, y a los cuales sólo podía responder con su ignorancia. Se necesitaba saber a quién pertenecía el ganado para devolvérselo, pero el preso no proporcionaba la menor información y únicamente contribuía a la investigación con su candor elemental, que pronto desesperó a los más severos, quienes entendieron que lo suyo no era renuencia, y decidieron que su imbecilidad merecía el indulto.

La noche en que se decidió su liberación, Almada fue despertado abruptamente por una sombra que, en susurros, lo apremiaba a salir. Le extrañó no ver ningún guardia, por lo que supuso que se había quedado dormido o había decidido caminar a manera de rondín. Era luna nueva, de forma que la oscuridad ofrecía un refugio natural. Sin embargo, la sombra lo conminó a correr a hurtadillas y a estar atento a cualquier anuncio adverso. Sólo se oía el rumor del ganado dormido y el eco callado de la lejanía. Almada tropezó dos veces con matorrales salvajes, provocando el enojo burlón de la sombra que lo apresuraba. Cuando alcanzaron las montañas, creyó distinguir un grito distante de alerta, proveniente del pueblo en el que había estado preso.

La sombra que lo dirigía con órdenes irónicas era Martín Zúñiga, que lo llevó hasta donde dos caballos los aguardaban con paciencia criminal, y el cual, durante la cabalgata, adoptó un tono de confidencia y de cierto patetismo para confesarle que se había sentido obligado a liberarlo porque, de alguna manera, se consideraba culpable de que lo hubieran encarcelado en esa "ranchería miserable". Pero al huir, Evaristo Almada se había convertido en un prófugo de la justicia, por lo que tendría que aprender a vivir en la clandestinidad. Impostando una emoción exagerada, Zúñiga le ofreció refugio, protección y trabajo furtivo, pues, según le dijo, se sentía comprometido con él. No le correspondía decidir por Almada, pero pensaba que era lo que más le convenía. Además, debía recordar que había cometido un crimen.

La realidad clandestina

Nunca se descubrió al asesino del ingeniero Aguirre y, como muchos otros, la policía rural relegó ese caso al olvido. La noche en que ocurrieron los hechos, Evaristo Almada cumplía rutinariamente con la guardia en compañía de Martín Zúñiga. De pronto, unos sonidos sigilosos delataron una presencia extraña en el rancho. Zúñiga, que sabía de la precisa crueldad de los cuatreros, ordenó desenfundar y, en la oscuridad, presumió su puntería. Almada comprendió, en ese momento, que, a pesar de no ser un tirador avezado, también debía disparar. Se oyeron pocas detonaciones y luego quedó la agonía de los heridos. Antes de que llegaran refuerzos, Zúñiga y Almada reconocieron su error, pues habían matado al administrador del rancho, al caporal y a dos vaqueros que regresaban de una parranda furtiva. De inmediato, se decidieron por la huida para no tener que pergeñar explicaciones, de las cuales todos dudarían, y que no los eximirían de una culpabilidad evidente; si los descubrían, no los perdonarían.

Mucho tiempo después, Almada descubrió que Martín Zúñiga ya se dedicaba a la delincuencia cuando trabajaba en el rancho, y en el ocio de escondites y guaridas, se dejó inquietar por una conjetura que no pudo resolver: quizá Zúñiga había aprovechado la confusión de aquella noche para eliminar al suspicaz administrador.

No fueron los riesgos y peligros, sino los largos días de espera y aburrimiento propios de la vida criminal, lo que convirtió a Evaristo Almada en un hombre huraño y receloso. Su servicialidad natural lo hacía víctima propicia de bromas, desplantes despectivos y humillaciones burlonas, pero su eficiencia para manejar el ganado lo volvía útil. Estaba excluido de los juegos, las apuestas y las borracheras. En las conversaciones participaba como escucha y evitaba las peleas, pues su impericia para los puñetazos y las patadas lo señalaba como un contrincante sin relevancia. Sin embargo, algunas veces debió soportar ser derrotado con demasiada facilidad y aplastante indiferencia.

La vida en la clandestinidad resultaba cansada y tediosa. Las jornadas nocturnas, en que se transportaba subrepticiamente el ganado, transcurrían entre la monotonía y el nerviosismo, que se reflejaba en los rostros cansados y suspicaces. Cualquier torpeza podía representar una delación; aunque fuera mínimo, cualquier error se transformaba en una disputa y provocaba recriminaciones en busca de un culpable. A veces el ganado se mostraba inquieto y su comportamiento complicaba la labor. Entonces se trataba de aparentar templanza, pero el temor a ser descubierto acrecentaba la irritabilidad, lo cual evidenciaba la desconfianza que se profesaban los secuaces. Almada intentaba mantenerse discreto, cumpliendo con su tarea sin hacerse notar, casi como un fantasma diligente. Sin embargo, no podía evitar los reproches y la iniquidad con que sus cómplices se desfogaban.

Durante el día, había que ocultar el ganado en geografías no siempre propicias. Los abigeos dormían entonces su sueño sucio e intranquilo, interrumpido por los turnos de guardia y, acaso, una voz de alarma. Se requería evitar menos a la policía que a los ganaderos, los cuales se coludían para combatir el abigeato. Almada se entretenía dándole de comer a las reses y atacaba la desesperación que suele provocar la espera acudiendo a sus escasos recuerdos o a un pensamiento elemental. Al anochecer sentía la pronta felicidad de quien ha vencido la impaciencia y ya no debe aguardar más.

El camino se reemprendía lentamente para reproducir la misma jornada. El cansancio de las bestias exasperaba todavía más a los vaqueros furtivos que, sin proponérselo, se enojaban por las mismas causas, proferían los mismos insultos y reproches, exageraban los mismos gestos e intercambiaban las mismas miradas. La incertidumbre volvía más largo el recorrido porque pocos sabían el destino al que se dirigían. Se trataba de un secreto, pues los negocios clandestinos mucho dependen de que se desconozca la identidad de los tratantes.

Jacinto Gómez era uno de los guías. No le decían *El Mudo* por su parquedad, sino por su voz gastada que, sin embargo, le bastaba para imponerse. Aunque no lo reconocían como jefe, mandaba con firmeza a esos traidores, que sabían de su crueldad por historias atroces. Algunos creían que no dormía. Siempre se encargaba de la entrega del ganado, que se desarrollaba casi en silencio. Esperaba con paciencia el examen detenido de los ejemplares, pero no admitía regateos. Contaba el pago minuciosamente y, luego, espoleaba su caballo y arrancaba a galope para perderse incluso de los suyos.

Pequeña crónica de un robo

Martín Zúñiga se encargaba de cobrar la remuneración propia de cada trabajo y de retribuirle su parte a Evaristo Almada, el cual la guardaba escondiéndola en una madriguera abandonada porque no sabía en qué gastarla. No lo atraían las mujeres, ni el juego, ni el alcohol. Temía, además, que lo reconocieran y lo delataran. Por eso vivía oculto, sin atreverse a pasear por un pueblo desconocido.

En el rancho San Francisco, nadie lo hubiera podido reconocer porque nunca habían tenido noticia de él. Era luna nueva la noche en que acompañó a Martín Zúñiga y al Mudo hasta esa propiedad, la cual había adquirido cierta celebridad debido a la raza de sus cebúes. Con ellos iba también Cisneros, que agravaba su criminalidad con el desparpajo, y *El Olmeca*, un hombre cada vez más adusto. Almada se enteró mucho después que iban a robar un semental. A él le ordenaron mantenerse atento, dar aviso de cualquier amenaza, cuidar los caballos y cubrir la retirada. Sólo vio a Martín Zúñiga apostándose más adelante, entre los cocoteros, y al Mudo Gómez perdiéndose con Cisneros y el Olmeca. Trataba de permanecer en alerta y de descubrir indicios que le permitieran suponer lo que sucedía, pero no observaba nada. De pronto, se escuchó el rumor del ganado y el viento resonó en los limoneros. Almada creyó ver sombras y temió no poder distinguir la realidad en medio de la noche. La creciente intranquilidad del ganado parecía delatar la presencia de extraños, cuando vio a Martín Zúñiga corriendo con sigilo, sin descuidarse las espaldas. Luego divisó al Olmeca, apresurándose sin perder la impasibilidad. Casi junto a él, Cisneros jugueteaba sonriente con un magnífico semental blanco. Al último, apareció el Mudo Gómez, presumiendo parsimonia. Entonces, se oyó un escopetazo. Al Olmeca le brillaron los ojos y Martín Zúñiga arreó a su caballo encabritado. Cisneros no perdió el desparpajo al buscar refugio y, con un grito de dolor, el Mudo anunció que lo habían herido. Almada estaba montado en su caballo y disparó por no dejar. Apenas pudo ver el rostro descompuesto del Mudo tratando de contener el sufrimiento, y, con insospechada habilidad, con un movimiento ágil, lo rescató del suelo antes de emprender la huida entre balazos y maldiciones.

La fiebre aftosa

Guiado por Jacinto el Mudo Gómez, Evaristo Almada conoció los escondites más recónditos de la sierra, en uno de los cuales, con asco, siguiendo las instrucciones del convaleciente, tuvo que aplicar las primeras curaciones a la pierna herida, que parecía un fiambre. Lavó cuidadosamente la incisión y recurrió a una medicina empírica. Luego cuidó el reposo intranquilo del lesionado, manteniéndose vigilante, temeroso y dubitativo, sin tener la más remota idea de lo que debía hacer.

La fiebre no dejó de aquejar al enfermo en los días posteriores, aumentando la angustia de Almada, que se reconocía ignominiosamente inútil y se limitaba a observar los interminables delirios del Mudo, en los cuales quizá se revelaban palabras secretas y enigmas significativos, que Evaristo no podía entender. La sospecha de una muerte inminente fue atormentándolo también durante el día, y muchas veces creyó que ese desenlace fatal había ocurrido ya, sobre todo cuando el herido dejaba de quejarse, quedándose inerte. Quizá lo que más temía era que esa sociedad de criminales, a la cual había ingresado sin proponérselo, pudiera culparlo y castigarlo por ese deceso.

También lo atormentaba otra idea, acaso más terrible: que los sorprendiera la policía en una emboscada, y no descartaba la venganza de un enemigo jurado del Mudo Gómez que, teniendo noticia de que estaba lesionado, lo buscara para matarlo antes de que muriera. Por eso, Almada oteaba nerviosamente la abrupta soledad de la sierra, luchando contra los engaños del intenso sol. Con mucha frecuencia creyó ver fantasmas que se desvanecieron en el calor. Su vista estaba cansada cuando divisó a un jinete que se perdía en las sombras de los promontorios. Trató de cerciorarse de su existencia, aprovechando la etérea lentitud con la que cabalgaba. Le apuntó con su rifle para asegurarse de que constituía parte de la realidad. Cuando el jinete apareció con parsimonia de entre las formaciones rocosas, se dispuso a dispararle.

El jinete desmontó sin importarle que Almada no dejara de apuntarle.

—Busco al Mudo Gómez, ¿dónde está? —dijo caminando hacia la cueva donde se encontraba el aludido.

Sin bajar el rifle, Almada miró al intruso con recelo, pero también un tanto esperanzado, y le pareció recordar vagamente a ese hombre apenas entrevisto alguna vez. Imposible saber por qué le decían *Sacaruto*, pero la mención de ese nombre causaba miedo y respeto. Almada lo vio entrar con desenvoltura en el escondite y luego oyó un grito de dolor que se propagó por la soledad silenciosa de la sierra.

Sacaruto no era tan alto como parecía. Aplicó curaciones salvajes en la pierna herida, que desmayaron al Mudo, y le enseñó a Almada principios de medicina elemental. Luego desapareció con la misma parsimonia con la que había llegado.

Aunque la fiebre cedió un poco al tratamiento de emplastos silvestres, los sudores continuaron perlando el rostro y empapando el cuerpo del convaleciente, cuya vaga quejumbre se alargaba débilmente. Almada se acostumbró a ella y se dedicó a la búsqueda de yerbas curativas. También le gustaba llevar al caballo a tomar agua en un arroyo cercano. A veces se demoraba en el camino o se perdía en atajos interminables que no le deparaban hallazgos memorables. Solía regresar al atardecer, cuando el sol lo cegaba pegándole de frente. Por eso tardó en distinguir el movimiento de hombres y caballos que se encontró uno de esos días afuera del escondite en el que se ocultaba el Mudo herido. Asustado, pensó en la huida, pero, entre otras cosas, en él se impuso el temor a una venganza por haber abandonado al convaleciente.

Quizá lo delató el bufido o los pasos de su caballo, quizá fueron sus propios movimientos, pero antes de poder encubrirse, Evaristo Almada vio voltearse y sonreír a uno de los intrusos, que le dijo: "¿Qué pasó, Evaristo?"

La luz vespertina del sol en los ojos le había impedido reconocer a Martín Zúñiga, el cual le refirió que Sacaruto les había revelado al Olmeca y a él dónde estaba escondido el Mudo y que necesitaba un médico. Por eso habían acudido hasta ahí con el doctor Martínez, un practicante de Tecomán dispuesto a cumplir con cualquier trabajo. Zúñiga le habló en confianza, casi con afecto, mientras caminaban y le invitaba un trago, que Almada tomó aunque no le gustara. Pronto se les acabó la conversación, por lo que bebieron en silencio. Zúñiga, que se había mostrado un tanto paternal, en un momento vio con severidad a Almada.

—¿Por qué lo salvaste? —preguntó a manera de reproche. Evaristo tartamudeó un intento de respuesta.

—Lo hubieras dejado ahí tirado y hubieras traído el semental.

Evaristo miraba a su interlocutor como un novato alcoholizado, atropellando explicaciones inconclusas, hasta que se decidió por una.

—Además, es el jefe —acertó a decir con firmeza.

—El jefe... —remedó Zúñiga con sorna—. Ninguno de nosotros sabe quién es el jefe, y seguramente nunca lo conoceremos.

En la cueva en la que convalecía el Mudo, el doctor Martínez sufría y sudaba más que el herido. Sus pequeños lentes verdes se le empañaban y con los brazos arremangados intentaba distintas curaciones e incisiones quirúrgicas. Sacaruto y el Olmeca lo observaban impasibles en la penumbra. Exhausto, el doctor Martínez dio por agotada su ciencia y esperó con angustia sus resultados en el convaleciente. Se sabía amenazado y trataba de disimular la impaciencia. Sin embargo, el labio superior le temblaba nerviosamente, haciendo que su bigotillo pareciera todavía más ridículo. El Mudo se agitó y, luego de un largo suspiro, quedó inerte. Sacaruto y el Olmeca lo dieron por muerto, y quizá también el doctor Martínez, que contenía el miedo mientras guardaba sus instrumentos, vendas y pócimas. Cuando se acercó a auscultar al herido, Zúñiga y Almada entraron a la guarida, y el Mudo abrió los ojos.

Los recuerdos de ciertos enfermos suelen ser vagos y confusos; a veces son sólo un delirio. La memoria del Mudo Gómez podía reconstruir pocos momentos de su huida y del largo camino por los vericuetos de la sierra, durante el cual se esforzó por mantener la orientación. Luego todo confluía en un ruego, íntimo e intranquilo, cargado de visiones. Sin embargo, no reconoció a su salvador.

Quizá fueron las historias que se derivaron de ese hecho, o las propias conjeturas, las que le permitieron al herido hacer deducciones a partir de escasos e indefinidos recuerdos. Almada siempre creyó que el Olmeca o Martín Zúñiga le habían referido los sucesos. Lo cierto es que, un día, el Mudo Gómez llamó a Evaristo Almada para mostrarle agradecimiento regalándole su Winchester '73.

Ese rifle se convirtió en un talismán para Almada, que empezó a practicar el tiro de manera compulsiva. Primero le disparó a los árboles, luego afinó la puntería en botes y botellas que, cuando se rompían, resonaban por toda la sierra. Posteriormente, la pericia le permitió entretenerse cazando pájaros al vuelo. Mucho tiempo después, algunos afirmarían que, en esa época, su vista le permitía derribar chuparrosas a un kilómetro de distancia. Sin embargo, ese regalo del Mudo Gómez también le atrajo enemigos. Alguno, como Zúñiga, disfrazó la envidia de un desprecio burlón, y no faltó quien intentó la broma de hacer perdedizo el rifle. Evaristo Almada se defendía de ello agazapándose, protegiendo su territorio y alimentando un rencor que no prescindía de frialdad.

La convalecencia del Mudo Gómez fue larga y silenciosa. No se quejaba. Observaba mientras ejercía la desconfianza, considerando sospechosa la servicialidad de Evaristo, que lo enervaba. Por eso, le reservaba órdenes absurdas y humillantes, que eran cumplidas complacientemente. Oía las ruidosas conversaciones y los juegos estultos con que sus cómplices trataban de matar el aburrimiento y, a veces, lo asaltaba el temor a una traición. También recelaba del doctor Martínez, que no podía disimular sus nervios al aplicarle sus torpes curaciones. Sin embargo, cuando volvió a caminar y se percató de que su pierna carecía de cierta movilidad, comprendió con zozobra que iba a tener que depender de alguien.

Fue entonces cuando se supo que el dueño del rancho San Francisco había matado al semental que intentaron robar el Mudo Gómez, Martín Zúñiga, Cisneros, el Olmeca y Evaristo Almada. Lo había ejecutado él mismo, conteniendo cierto dolor, recurriendo a un rifle sanitario, porque se le había declarado la fiebre aftosa, la cual había obligado a que se sacrificaran demasiadas cabezas de ganado. Esa epidemia perjudicaba asimismo a quienes se dedicaban al abigeato.

Jacinto el Mudo Gómez sintió una ira triste cuando se enteró del hecho, pues terminar cojo por intentar robar un semental enfermo representaba un estupidez. Por eso, se insultó a sí mismo muchas veces.

La prueba

Ciertamente, Evaristo Almada se había acostumbrado a las burlas humillantes y al gesto despectivo que solía merecer, pero, en el fondo de su rencor, albergaba la esperanza de llegar a ser respetado no por medio del terror, sino por el del reconocimiento. Por eso trataba de perfeccionar sus habilidades para convertirse en un buen bandido. Consideraba que la paciencia representaba una de ellas, que ser un buen tirador resultaba imprescindible, y que la práctica de la lealtad y de la desconfianza era fundamental. Sin embargo, olvidaba que también se requería aparentar cierta maldad.

Quizá fue el aburrimiento o la debilidad. Quizá fue sólo la necesidad de conversación, pero el Mudo Gómez empezó a hablar con frecuencia con Almada y a hacerle confidencias que tal vez no eran ciertas. Le contaba de apuestas en casas clandestinas, de asaltos arriesgados o anecdóticos, de andanzas lejanas, de peligros innecesarios, de huidas sigilosas o apresuradas, y amores insinceros y ocasionales. Almada lo escuchaba con creciente veneración, sintiéndose el elegido portador de un secreto.

Una noche, animado por el tequila, el Mudo le confesó pausadamente que alguna vez había estado enamorado. Algo de ese sentimiento atroz pareció impregnar el recuerdo de un nombre: Gisela Sánchez. El Mudo interrumpía su oscura evocación con largos silencios, por lo que Evaristo Almada debió adivinar gran parte de esa historia que, en realidad, poco se diferenciaba de otras. Entre conjeturas y sugerencias, al final de esa lánguida conversación, Almada concluyó que el Mudo la había seducido y luego había decidido olvidarla.

Como aquellos que viven en la clandestinidad, Evaristo Almada se sabía vigilado. Por eso no recelaba de Martín Zúñiga, que parecía acecharlo con inquina. Habiendo aprendido que la desconfianza puede ser una virtud, Almada se conducía con cautela y no creyó en la sinceridad de Zúñiga cuando se le acercó una tarde para matar el aburrimiento bebiendo alcohol. La plática de Almada fue entrecortada y huraña; la de Zúñiga, dicharachera y confianzuda. En realidad, no hablaron de nada, pero después de la borrachera habían desaparecido los malentendidos, aunque Zúñiga no hubiera podido arrancarle a Almada ninguna confidencia valiosa.

Evaristo Almada había aprendido a esperar la oportunidad y a evitar tentaciones riesgosas. Por eso dudó angustiosamente cuando se encontró de pronto unas joyas relucientes con algunas monedas de oro, que el Mudo Gómez había dejado en un rincón dizque oculto. Almada miró aquel pequeño tesoro y aguardó el regreso del Mudo, cuya tardanza incitó distintos pensamientos que confundieron a Almada, el cual, en una decisión repentina, temiendo que su titubeo pudiera provocar que otro llegara y perpetrara lo que él no se atrevía a hacer, se apropió de aquel pequeño botín, envolviéndolo en un paliacate.

No hubiera querido rehuirlo, pero Evaristo Almada sabía que el Mudo Gómez solía emprender largas caminatas para fortalecer su pierna afectada, debido a las cuales a veces desaparecía varios días, por lo que Almada no lo vio antes de que decidiera irse de caza.

En la sierra, el largo aullido de los coyotes acrecienta la noche, de la cual forma parte la mirada de la lechuza y el rumor de los bosques. Ahí los sueños son intranquilos, transcurren en una atención expectante, casi en la vigilia. El estruendo de los pájaros anuncia el amanecer y, entonces, comienza el acecho. Evaristo Almada había aprendido que la cacería depende de la paciencia, la cual puede agudizar la vista. Pero también entendía que se requiere de la intervención del azar para encontrar la presa deseada. La búsqueda podía durar varios días y, a veces, terminaba siendo vana. Almada caminó por la sierra sin detenerse en el recuento de las noches, que lo agotaban más que el acecho diurno. Creía que cada ruido era el anuncio de una presencia animal, que, después de un momento, se convertía en decepción. Acaso sólo divisó a pocos zorros y le disparó a algunas aves para distraerse y tratar de vencer la desesperación, pero al final tuvo que resignarse y, aún indeciso, reconocerse derrotado.

Fue Martín Zúñiga quien le dijo, al regresar de su intento de cacería, que el Mudo lo estaba buscando. Por las miradas de curiosidad, Almada comprendió que su ausencia había provocado suspicacias y que debía enfrentar un asunto grave.

El Mudo lo recibió con su serenidad acostumbrada. Le pidió que se sentara, lo miró entre inquisitivo y dubitativo, y no le hizo ninguna pregunta. Sin embargo, cuando adoptó un tono confidencial para hablar de sus dolencias con cierto patetismo y, sobre todo, cuando se refirió a las riquezas que había acumulado después de muchos años de dedicarse al crimen, Almada no pudo dejar de atemorizarse.

—No me gustan los traidores —dijo el Mudo Gómez tomando su pistola y mirando a Almada, que no intentó ninguna explicación.

—No me gusta tampoco confiar en nadie —agregó después de un momento—, pero necesito que vayas a recoger parte de un guardadito que tengo escondido aquí en la sierra.

El desconcierto impidió que Almada pudiera entender lo que le siguió diciendo el Mudo mientras limpiaba su pistola. Sólo recordaría que, de pronto, se tornó escueto como una orden para indicarle el camino hasta el lugar señalado y precisarle la parte del tesoro oculto que requería.

Conteniendo el temor, cuando el Mudo se quedó callado, Almada sacó el paliacate donde había envuelto el pequeño botín que había sustraído de ese mismo lugar antes de irse de caza, y se lo entregó al Mudo, balbuceando una torpe justificación referente a que lo había tomado para resguardarlo de los ladrones. El Mudo escudriñó sus pertenencias entreviendo a Almada, rebuscó con cuidado en los objetos, tuvo un dejo de desesperación, se quedó un momento pensativo, sonrió y le regaló un fistol de oro con un brillante.

Anuncios telegráficos

En secreto, Martín Zúñiga vigilaba a Almada. Sospechaba de sus movimientos, pero no se atrevía a seguirlo porque hubiera sido delatarse. Sin que lo supiera, el Olmeca lo vigilaba a él y, encubierto en su desparpajo, Cisneros se mantenía atento a los movimientos de los tres. El Mudo Gómez los contemplaba a todos con reserva. A veces se sentaba a jugar a las cartas con ellos, pero siempre ganaba, dejando un rencor creciente en los perdedores, los cuales se habían cansado de buscar consuelo en el alcohol, que ya no los distraía de la espera en esas montañas invariables.

La desesperación puede volverse contagiosa y suele acrecentarse con la incertidumbre. Como muchos hombres, Martín Zúñiga quería saberlo todo, y se impacientaba en el ocio y la intriga por no poder averiguar los motivos de las constantes ausencias de Almada. Sus indagaciones resultaban muy repensadas y prudentes, pues no quería denunciarse, y su curiosidad insaciada se convertía en malhumor, mientras Evaristo Almada recuperaba tesoros escondidos en una sierra que ocultaba cierta riqueza mineral. Su regreso con las alforjas llenas de monedas de oro agudizó más el desasosiego de Zúñiga, cuyas vagas sospechas aumentaron cuando descubrió a Almada partiendo de nuevo a caballo y, poco después, al Mudo Gómez perdiéndose en la sierra montado en el suyo.

Sus inquisiciones y conjeturas no le permitieron descubrir que Almada había sido enviado por el Mudo Gómez a la estación de tren de Armería, donde dijo que iba recoger un telegrama dirigido al señor Humberto Linares.

—No ha llegado nada bajo ese nombre —le contestó un anciano como disculpándose.

Desconcertado, conteniendo el coraje y la desesperación, Evaristo Almada se quedó viendo las vías. Temía que lo reconocieran y lo entregaran a la justicia ganadera por haber intentado robar un semental enfermo, pero se creía obligado a llevar ese telegrama. Sabía, asimismo, que los vaqueros preferían Tecomán a Armería, por lo cual quizá no se encontraría a aquellos que podían identificarlo. Un tanto atribulado, decidió hospedarse en el Hotel Buenos Aires, una casona sórdida con un patio sucio, en el que convergían las puertas de cuartuchos apenas amueblados, con las paredes desnudas y un denso olor a encierro.

En uno de esos cuartos, Almada gastó los días fumando, viendo el techo descascarado, oyendo los ruidos esporádicos del hotel, tratando de adivinar el significado de una conversación apenas susurrada o el sentido banal del cierre de una puerta o de unos pasos apresurados en el pasillo. Salía poco por el miedo a ser descubierto, pero su presencia acaso sólo causó una vaga curiosidad elemental. Resultaba innecesaria la cautela con la que caminaba cada mañana y cada tarde, cuando se dirigía a la estación de tren para preguntar tímidamente por un telegrama para el señor Linares. Siempre lo atendía el mismo viejo con una familiaridad inmediata que parecía complicidad.

—No ha llegado nada para usted, señor Linares —le decía el viejo casi a manera de disculpa.

Almada apenas respondía con una despedida, que, de alguna forma, anunciaba su próximo regreso. Luego se perdía con indecisión en los soportales de teja y palo que conformaban la calle.

A pesar de que los ganaderos preferían reunirse en Tecomán o en la Barra de Pascuales, junto al mar, en Armería las conversaciones se reducían a un lamento: la fiebre aftosa. Con terror se comentaban las matanzas de ganado enfermo hechas con rifles sanitarios. Se decía que en el rancho El Girasol se había manifestado el terrible mal en un becerro, o se referían historias de ganaderos de Michoacán y Guanajuato que habían intentado vender reses infectadas. En los ranchos, la vigilancia del comportamiento de cada animal se había vuelto una obsesión supersticiosa. Incluso se hablaba de futbol, aunque no interesara, porque el juego decisivo entre el Atlante y el León, que debía disputarse en la cancha de La Martinica, en León, había sido suspendido, debido a que estaban prohibidas las concentraciones de masas en la zona de la epidemia, por lo que se jugaría en la ciudad de México. No pocos creían que se trataba de una estratagema del general Núñez, el dueño del Atlante y presidente de la Federación Mexicana de Futbol, para favorecer a su equipo.

Esas conversaciones no le interesaban a Almada; tampoco le importaban las calles de ese lugar, ni la gente que lo reconocía como forastero. Sólo se detenía en la estación de tren, siempre vacía, en espera de un telegrama que nunca llegaba. Cansado por la inquietud, recorría maquinalmente su camino diario, soportando un sol agotador. Apenas se permitía alguna conjetura en la repetición de su magra rutina. Sin embargo, aquel jueves por la tarde, volvió a sentir miedo cuando vio un tren detenido en la estación rodeado de policías.

Evaristo Almada pensó de inmediato en la huida, pero pronto comprendió que cualquier intento de evasión resultaría sospechoso. Además, el viejo de la ventanilla ya le había dirigido una sonrisa a manera de saludo distante. Los policías se paseaban por el andén con suficiencia retadora, dispuestos a encontrar un culpable. Almada caminó con calma entre ellos, que lo observaron con determinación; uno de los guardias descansaba recargado en la ventanilla.

—Buenas tardes —apenas se atrevió a decir Almada, soportando la mirada impertinente del policía.

—Buenas tardes, señor Linares —respondió el viejo empleado—, hay un telegrama para usted.

Almada mantuvo con dificultad la serenidad mientras esperaba. Sabía que un hombre observado suele comportarse de forma extraña, por lo que se dedicó a contemplar a quienes se afanaban cargando y descargando los vagones, pero el policía que lo escrutaba a su lado empezaba a importunarlo.

El viejo empleado de la estación adolecía de una lentitud apresurada, por lo que tardó en aparecer con un sobre pequeño y distintos papeles.

—Firme aquí, por favor —dijo señalando un recibo.

Almada se sintió perdido, pues apenas sabía escribir y no terminaba de entender el significado de una firma. Trabajosamente garabateó un nombre falso mientras el policía lo miraba de soslayo.

El viejo se despidió con una cordialidad inquietante y Almada volvió a caminar entre cargadores que gritaban en un eco, agentes ferroviarios y policías que se paseaban vigilantes. Por un largo momento se sintió miserable, pero cuando salió de la estación y se dirigió a los soportales de teja, no pudo evitar cierta satisfacción propia del que ha consumado una pequeña hazaña.

Fue en el camino de regreso cuando Almada comprendió que ya no le tenía miedo a la justicia. Sin embargo, trataba de evitar a las patrullas rurales que, a veces, se aparecían en la sierra. Tampoco se encontró con jaguares, gatos monteses o bandidos, que solían habitarla. Sobreponiéndose a ese paisaje abrupto, dominado por un sol implacable, suponía que el Mudo Gómez estaría dedicado a urdir conjeturas acerca de su tardanza, la cual quizá le había provocado un enojo que desataría contra él cuando apareciera. Pero en realidad nadie lo estaba esperando y, al verlo, Martín Zúñiga lo saludó con una indiferencia despectiva.

También el Mudo Gómez lo recibió con indolencia y apenas se detuvo a mirar el sobre que le mostraba con orgullo.

—¿Y qué dice? —preguntó el Mudo desidiosamente.

—No lo sé.

—Pues ábrelo, animal.

Venciendo el desconcierto, el temor y la timidez, Evaristo Almada abrió el telegrama y lo leyó con torpeza: "Jueves trece punto Nueve veinte punto".

El Mudo tomó la nota y la volvió a leer en silencio.

Aunque se había vuelto suspicaz, Evaristo Almada nunca sospechó que había sido sometido a distintas pruebas para descubrir su temperamento íntimo. Una de ellas había consistido en hacerle diversas confidencias, a veces inventadas, para evidenciar su discreción. Otra examinó su ambición, confiabilidad y respeto al ponerle carnadas más o menos atractivas. Poco después de que Almada partiera a Armería, el Mudo Gómez había comprobado que el tesoro escondido, cuya localización le había confiado a Evaristo con el pretexto de necesitar una de sus partes, se mantenía intacto. La última de ellas consistió en utilizarlo como mensajero para recibir un aviso decisivo.

Un viaje en tren

El tren que cubría la ruta de Manzanillo a Guadalajara, siempre iba retrasado aunque llevara pocos pasajeros. Se detenía, entre otras, en la estación de Armería, en la de Tecomán, en la de Colima, donde se demoraba disponiendo de la carga, recogiendo y entregando el correo, esperando que los vendedores recorrieran los vagones para ofrecer su mercancía. El coche comedor solía estar vacío y acaso lo frecuentaban viajeros solitarios cansados de dormir, que se distraían fumando y, a veces, una pareja que consideraba que el viaje propiciaba el amor. En el resto del tren, se iban acomodando hombres de negocios, agentes marítimos, ganaderos, hombres y mujeres en busca de trabajo o que cumplían con una visita familiar, pocos paseantes y alguna viuda.

En las curvas, el paso del ferrocarril se hacía todavía más lento, y en los tramos sinuosos parecía detenerse. Pero el maquinista no se desesperaba. Quizá se entretenía con repetidas conversaciones ferroviarias o sólo vigilaba el funcionamiento de la máquina. Nunca se apresuraba. Conocía el camino con precisión y ciertas partes del trayecto eran para él un recuerdo reiterado. No lo asombraba la aparición de animales huraños ni las rancherías que parecían permanecer a la espera fantasmagórica de su paso fugaz. Tampoco le extrañó ver a un hombre a caballo en un promontorio, ni que otros flanquearan la vía como aguardándolo. Sólo sintió un golpe en la nuca y ya no pudo distinguir el rostro del intruso: se trataba del Olmeca.

No hubo gritos en los vagones cuando aparecieron, amenazantes, los ladrones. Algunos pasajeros tardaron en comprender la situación en la que se encontraban. Otros se resignaron a entregar sus pertenencias con cierta tristeza y acaso intentaron salvar cualquier objeto sentimentalmente apreciado. Según una noticia de periódico, uno de los pasajeros fue golpeado por hacerse el dormido y una viuda se puso a llorar.

Mientras el Olmeca y Cisneros controlaban los vagones de pasajeros, Martín Zúñiga y un hombre conocido como *El Indio*, reclutado en el Bajío con once hombres más, tomaron por asalto el coche correo, dominando con brutalidad a sus ocupantes antes de saquear las cajas fuertes. Almada mantenía la vigilancia rodeando el tren a caballo y, desde un promontorio, sobre su montura, el Mudo Gómez observaba las acciones mientras encendía con calma un puro veracruzano.

Quizá se trataba de una idea concebida dentro de un plan. Quizá fue sólo una ocurrencia de momento, pero en los vagones sonaron balazos sucesivos que parecían certeros. El Mudo Gómez no se inmutó y Martín Zúñiga continuó con su labor de saqueo de las cajas fuertes. Almada, en cambio, sacó su pistola sin dejar de moverse a caballo en torno al tren. Lo cierto es que, después de haber despojado a los pasajeros de sus pertenencias, Cisneros había decidido que, para evitar cualquier intento de sublevación, lo mejor era matarlos a todos, por lo cual, ayudado por el Olmeca, ejecutó a cada uno de los viajeros de un tiro en la cabeza entre el llanto quejumbroso de una viuda.

Cuando, seguido por el Olmeca, Cisneros bajó del tren, sonriente y con la pistola todavía humeante, el Mudo Gómez desmontó y se dirigió a los vagones de carga, en los cuales Almada y Zúñiga ya se habían cerciorado de que no hubiera polizontes o vigilantes, y donde Jacinto el Mudo Gómez revisó la carga, señalando, con el puro veracruzano, la mercancía elegida.

Sin apresurarse, casi rutinariamente, bajaron las pacas señaladas y las subieron en unos camiones que los esperaban detrás de un promontorio. Mientras los hombres del Indio cumplían obedientemente con ese trabajo, Cisneros hacía chistes y comentarios elementales acerca de que nunca le había gustado ser cargador y por eso había preferido volverse ladrón, Zúñiga aventuraba alguna queja con desgano, el Mudo los apremiaba con imperativos amistosos, Almada se afanaba con disciplina y el Olmeca exageraba su adustez. Cuando terminaron de descargar la mercancía, el Mudo roció combustible en el coche correo y en los vagones de carga, y les prendió fuego. Todavía esperaron a que ardieran, contemplando con fascinación las llamas que los consumían. Cuando fueron casi sólo humo, emprendieron la huida, dejando el tren quemado con los pasajeros muertos y el llanto cansado de una viuda.

Investigaciones rutinarias

El agente Serra entró al Bar Social de Manzanillo al mediodía y pidió un campari. Era catalán y trabajaba en una compañía británica de seguros. Tenía un gesto perpetuo de preocupación y se dedicaba a escuchar con hastío las conversaciones ajenas. Solía quejarse del calor a manera de saludo, sentarse en la barra y beber con lentitud tacaña.

Al Bar Social acudían agentes aduanales, empleados de compañías navieras, oficinistas, marineros, señoritas decentes, comerciantes menores, hombres comunes y algunos forasteros. Aquel lunes, en una de sus mesas, quizá se comentó que el Atlante se había coronado como campeón al empatar a cero goles con el León en la ciudad de México, y acaso se hayan permitido ironías acerca del general Núñez, presidente de la Federación Mexicana de Futbol y dueño del Atlante, que había evitado que el partido se jugara en León, pretextando que en Guanajuato se habían diagnosticado brotes de fiebre aftosa. Pero, en realidad, el deporte no interesaba en esas conversaciones que se referían a incidentes portuarios, mujeres, acontecimientos locales, pequeñas anécdotas, la vida de los otros, el sabor de la cerveza, borracheras pasadas y la última aparición fugaz de una ballena.

Al agente Serra no le interesaban esos tópicos; sólo pensaba en su futuro inmediato, bebiendo su campari a sorbos recatados. Tenía que investigar el robo de un cargamento de algodón en el tren de Manzanillo a Colima para averiguar si se trataba de un hecho real o de un simulacro para cobrar el seguro. Aunque entendía que la policía representaba con frecuencia un estorbo, debía entablar tratos con ella para indagar lo que podía haber descubierto, lo que sabía y, sobre todo, lo que ocultaba.

Además, tendría que tratar con ferrocarrileros, ir a Armería y Tecomán en busca de indicios improbables, fingir cordialidad con el dueño del cargamento, el señor Egidius Braun, al que debía visitar para sostener una entrevista de trámite y, finalmente, estaba obligado a redactar informes detallados de sus pesquisas, lo cual agudizaba, en su rostro, el gesto de hastío que lo caracterizaba. Sin embargo, comprendía que era muy sospechoso que se hurtara un cargamento importado de Paquistán, cumpliendo todos los requisitos legales. Según le habían dicho en la compañía de seguros, todos los documentos estaban en orden, cosa que le había corroborado un aduanero con una frase contundente: "No le falta ni un sellito."

Cuando terminaba su campari, entró Gilberto Pérez Zamora, un periodista que cubría la nota roja, llamada "Orden Público", del periódico *Ecos de la Costa*. Siempre iba con un retraso apresurado, pretendiendo descubrir nuevos crímenes y nuevos criminales. Joan Serra vio el reloj a manera de saludo, pero sin inmutarse, Pérez Zamora empezó a hablar de los robos crecientes en la zona roja y de que había tenido que ir a Tecomán porque en Cerro de Ortega una viuda había hecho matar a su amante, que pretendía extorsionarla.

—Lo desfiguraron a machetazos —concluyó para luego apurar un tequila.

Pérez Zamora estaba interesado en el robo al tren de Colima porque "podía ser un buen reportaje". Se había enterado de que Serra estaba encargado de indagar la veracidad de esos hechos y le propuso que trabajaran juntos en ello, pues podrían ayudarse mutuamente.

Serra se quedó en silencio después de dar un sorbo tacaño a un nuevo campari. Desconfiaba de los periodistas por sus intrigas y falsedades, las cuales, sin embargo, eran fáciles de evidenciar. Su indiscreción podía convertirse en una advertencia para los autores de ese robo quizá fraudulento. Pero también pensó en la habilidad que suelen tener para inmiscuirse rastreramente en todo, por lo que aceptó la proposición tras dar otro pequeño trago a su bebida.

Esa noche se emborracharon hasta la madrugada en antros frecuentados por ferrocarrileros, sin lograr averiguar más que su miseria, su hastío y sus deseos elementales.

La recompensa

Nadie los había visto entrar en Cofradía de Juárez, pero la espera fue larga y cansada. Ocultos en un rancho abandonado que pertenecía a doña Dolores Figueroa, dueña de una casa clandestina de diversión, no pudieron evitar el tedio y la impaciencia, que terminaron por convertirse en sospechas explícitas, disputas soeces y recriminaciones ingenuas. Martín Zúñiga le reprochaba al Mudo Gómez la inocencia que lo había llevado a concertar un trato que no se cumpliría. El Mudo Gómez respondía a los insultos con una impasibilidad despectiva, pero la incertidumbre se fue apoderando de él hasta despertarle cierta desesperación. Al tercer día de espera, también el Olmeca dudó de que se cumpliera el acuerdo, enojándose por haber trabajado en vano. Cisneros trataba de sobrellevar la humillación del engaño con el escarnio, y Evaristo Almada se mostraba temeroso ante la inminencia de una pelea fatal.

El domingo, Martín Zúñiga se declaró derrotado y propuso la partida. Cisneros lo secundó con una broma y el Olmeca empezó a disponer a su caballo para el camino. Sólo Evaristo Almada, un tanto indeciso, determinó quedarse con el Mudo Gómez. Fue entonces cuando apareció un jinete que trotaba con parsimonia.

No se mencionó su nombre, pero se trataba de Federico Lozano, quien, después de saludar con desenfado, entregó dos alforjas que el Mudo revisó para cerciorarse de que estaban llenas de dinero, mostrando su aprobación con un gesto distante que no ocultaba una sonrisa apenas esbozada. Antes de irse, a manera de despedida, Federico Lozano les sugirió que desaparecieran por un tiempo porque el robo al tren se había vuelto un escándalo y la policía, como siempre, necesitaba culpables.

Lozano era un joven industrial textilero de Armería. Se decía que prestaba su nombre al verdadero dueño de sus supuestas propiedades, pero sus habilidades mercantiles parecían desmentirlo, pues había expandido sus dominios comerciales hasta Sayula y Zapotlán, y empezaba a tener presencia en Guadalajara. Sin embargo, no le gustaba la competencia, por lo que intentaba eliminarla sin importarle los métodos. Uno de ellos consistía en evitar que la mercancía importada por sus competidores llegara a su destino, para lo cual le pagaba a algunos marineros, que hacían que la influencia del mar o los errores propios del transporte deterioraran la carga. Sobornaba a agentes aduanales para que complicaran los trámites de ingreso o lo impidieran. Se le atribuían, además, el incendio de varias bodegas y otros percances imprevisibles como el robo.

Movidos por una súbita efusividad y un irrefrenable deseo de celebración, los ladrones se dirigieron a gastar sus ganancias en la casa de doña Dolores Figueroa, a un lado del río Armería, donde despacharon a los hombres del Indio, el cual decidió seguir trabajando con ellos. Para disimular la premura, jugaron y perdieron dinero, e intentaron conversaciones jocosas antes de pasar a las habitaciones a desfogar la lujuria, que Almada había empezado a descubrir con sorpresa.

Informes comerciales

Se dice que, en el principio, el valle de Tecomán estuvo cubierto por el mar, cosa que a Joan Serra no le interesaba. Alojado en el Hotel Fénix, trataba de combatir el calor con camparis y cigarros sin filtro. Pasaba las tardes en el bar del hotel esperando la noche, cuando el insomnio lo aquejaba. Sus pesquisas resultaban tan rutinarias como su memoria. Todavía recordaba con desgano el desconcierto del jefe de la estación de Armería ante una pregunta protocolaria: sólo quería saber si había existido un robo al tren que cubría la ruta entre Manzanillo y Colima el jueves 13 de junio, o si se trataba de una simulación para cobrar el seguro.

El jefe de la estación, que se refugiaba detrás de un ventilador, le había dicho, conteniendo la indignación, que se trataba de una noticia muy conocida, que incluso había salido en el periódico y, con un dejo de tristeza, aseguraba que el hecho había representado un desprestigio para los Ferrocarriles Nacionales.

—Hubo muchos muertos —repitió con desasosiego.

Sin perder su gesto de angustioso hastío, el agente Serra había querido conocer los detalles de la carga robada.

—Eso sí que va a estar difícil —dijo el jefe de la estación

con cinismo—, porque se trata de información confidencial que no estoy autorizado a revelar.

—¿Y con quién tengo que hablar para poder verla? —preguntó Serra sin perder su gesto adusto.

—Pues yo creo que le tiene que mandar una carta al director.

Aunque llevaba poco tiempo en México, Joan Serra había aprendido las virtudes del soborno, las cuales le permitieron pasar largas mañanas transcribiendo esos datos valiosos, que luego conformarían los informes que redactaba en el tedio de la noche. En ellos, también describía sus sórdidos encuentros con la policía, que aseguraba estar siguiendo todas las líneas de investigación sin desechar ninguna prueba. Pero se negaba a proporcionar el nombre de los sospechosos para no entorpecer las pesquisas.

—Usted sabe, estas cosas son muy lentas —le había dicho el comandante—, pero puede estar seguro de que estamos poniendo todo lo que está de nuestra parte para descubrir a los ladrones.

Aunque seguía sin comprender a quién le podía interesar robar un cargamento de algodón, Joan Serra creía que, finalmente, la compañía de seguros tendría que pagar los daños.

Recortes de periódico

Para Gilberto Pérez Zamora, cualquier acontecimiento cotidiano podía convertirse en una noticia. Por eso los buscaba obsesivamente, creyéndose audaz al rastrearlos en bares y cafés, en oficinas de policía, en conversaciones dizque subrepticias con secretarias y empleados menores, en chismes de políticos en desgracia, en archivos cuartelarios. Sin embargo, no siempre le publicaban sus hallazgos, que escribía en un estilo escueto y sensacionalista. Cada dos o tres días, entraba a media mañana al bar del Hotel Fénix, acusando los estragos de la noche anterior, para encontrarse con el agente Joan Serra. Luego de tomar anís con Fernet para reanimarse, relataba sus pesquisas con un desdén afectado. En un tugurio cercano a las bodegas del tren, había conocido las costumbres de los ferrocarrileros, cuya vida transcurría en vagones que se dirigían a ciudades que permanecían desconocidas para ellos. Muchos mantenían mujeres en distintos lugares, pero siempre terminaban traicionados, aunque hubieran procreado una familia indeseable. De alguna manera, esa existencia los satisfacía, aun cuando, en la borrachera, mostraran un profundo desencanto de una forma brutal.

A Joan Serra le aburrían esos relatos de hazañas inmediatas, que escuchaba con desgano, bebiendo su campari a sorbos, mientras Pérez Zamora continuaba su recuperación etílica tomando tequila con cerveza. Entre trago y trago, aseguraba que a los ferrocarrileros no les interesaban los robos. Odiaban a los viajeros clandestinos que solían cometer hurtos mezquinos, en los cuales descargaban su odio existencial, pero apenas hablaban de grandes asaltos al tren. Para ellos, se trataba de incidentes circunstanciales que a veces se convertían en historias legendarias. No comprendían, sin embargo, la crueldad de los ladrones que se divertían matando inocentes. Pensaban que esos crímenes eran innecesarios para robar, delito que consideraban menor y fácil de cometer. "Cualquiera puede ser ladrón", le había dicho un garrotero, que sostenía que los más rateros eran los policías. El maquinista al que habían asesinado en el tren de Colima había sido su amigo, pero por ello sentía menos tristeza que coraje.

Más animado por el tequila que por la cerveza, Pérez Zamora hablaba, asimismo, de los días transcurridos en la comisaría de policía, un sórdido edificio donde imperaba el tedio rutinario, acrecentado por el dominó y los juegos de cartas. Como buen reportero, había cumplido con sus guardias ahí para dar noticia de los pocos crímenes locales y tratar de intimar con algunos policías porque, según él, lo sabían todo, pero no lo decían porque no les convenía. Creía que si se amistaba con ellos, terminaría por averiguar la identidad de quienes habían asaltado al tren.

—Y si saben quienes son los asaltantes ¿por qué no los detienen? —preguntó Serra con indiferencia.

—¿Para qué? Los ladrones siempre salen libres y son muy vengativos.

Muertes premonitorias

Egidius Braun bajó de un avión DC-3 de Aerovías Reforma en el campo de aviación que había sido construido en la antigua Hacienda de Periquillo, al norte de Tecomán. Venía de Torreón, donde se había entrevistado con un prominente empresario de la comarca lagunera para proponerle que se realizaran siembras experimentales de algodón en el valle de Tecomán. Braun poseía distintos ranchos y haciendas, pero solía residir en El Vigía, que se encontraba entre esteros. Su rostro era redondo y la mirada de sus profundos ojos azules resultaba penetrante. Hablaba poco y con frases sentenciosas, pero no podía ocultar la tribulación que le había causado, antes de partir de viaje, la muerte de un becerro, que se había convertido en un mal presagio. Según se lo había confirmado un telegrama, entre su ganado se había declarado la fiebre aftosa.

Disimulando la impaciencia, Braun vigilaba, a la distancia, la descarga de varias cajas de madera, con un contenido valioso, que había adquirido en Matamoros, aunque tenían sellos de la aduana de Nuevo Laredo. Los cargadores y la tripulación del aeroplano ignoraban la naturaleza de ese cargamento, pero sospechaban de su importancia por el cuidado exigido para transportarlo y por el celo con el que el propietario observaba su manejo. Incluso él mismo hizo el recuento de las cajas para cerciorarse de que no hubiera faltantes, y guardó con cuidado la llave del candado del almacén de El Vigía, en el que se depositó la mercancía.

En ese rancho continuaban las noticias aciagas: dos becerros más habían muerto por la influencia de la fiebre aftosa, y la severidad de los inspectores sanitarios que lo habían visitado presagiaba un juicio implacable. El doctor Martínez, veterinario encargado del ganado, se mostraba nervioso y sus pequeños lentes verdes se empañaban cuando trataba de encontrar explicaciones a la epidemia, las cuales se volvían aún más confusas por su tartamudeo. Egidius Braun le respondía con un silencio profundo, que representaba la más terrible reprobación.

Con esa misma gravedad, recibió una mañana la visita del agente de seguros Joan Serra. El encuentro fue breve y estuvo marcado por la parquedad, aunque Braun encendió un puro veracruzano y le ofreció otro al ajustador catalán. Sólo trataron meras formalidades acerca de la pérdida de un cargamento de algodón, que pertenecía a Egidius Braun, en el tren de Colima, pero, al final, el agente Serra no había podido disipar sus sospechas.

OCHO COLUMNAS

F‌EDERICO LOZANO CONSIDERABA QUE LA LECTURA DEL PEriódico representaba una costumbre innecesaria. Sin embargo, en el desayuno se distraía ojeando con desinterés las declaraciones irrelevantes del gobernador en turno, las ostentaciones sociales de los más presumidos, los acontecimientos deportivos y alguna desgracia natural. Aquella mañana, el escepticismo desdeñoso que le producían esas versiones de la realidad se transformó en ira al encontrarse, en las páginas centrales del *Ecos de la Costa*, un enorme titular anunciando un largo reportaje: "El estado dominado por bandas criminales". Lo firmaba un desconocido llamado Gilberto Pérez Zamora, que aseguraba que detrás de la pacífica laboriosidad de los colimenses se ocultaba una intensa actividad delictiva. Hablaba de la indefensión de la ley frente al crimen, que había "comenzado a socavar los más profundos cimientos de la sociedad". Aseguraba que, en los archivos policiales, se tenía información de, por lo menos, ocho bandas que operaban en el estado, siendo una de las más peligrosas la que comandaba un hombre conocido como el Mudo, a la cual se le atribuía el asalto y la devastación de rancherías en Michoacán, el salteamiento de caminos, el robo violento de una iglesia en el sur de Jalisco, el rapto de una mujer en El Agostadero y varios asesinatos. Muchos aseguraban haberlos visto en Cerro de Ortega, Coahuayana El Viejo y en Zinacantitlán, pero nadie se atrevía a describirlos y su rostro permanecía desconocido, a pesar de los retratos hablados, trazados según el atropellado relato de una viuda, que había sobrevivido al robo del tren de Colima, los cuales adornaban oficinas de correo, estaciones de tren y edificios públicos, sin que se reparara en ellos.

Lozano ignoraba entonces que el reportero Pérez Zamora había logrado amistarse con algunos policías, haciendo guardia en la comisaría, que se emborrachaba con ferrocarrileros, caballerangos, jornaleros y mecánicos del campo de aviación de la Hacienda de Periquillo, que frecuentaba la casa de doña Dolores Figueroa, que hacía muchas preguntas y escuchaba demasiadas cosas, entre las cuales le obsesionaba comprobar el rumor que aseguraba, a veces con detalles, que un prominente hacendado había introducido un importante cargamento de rifles y municiones procedente de Nuevo Laredo. Las conversaciones al respecto lo habían llevado hasta un nombre poderoso que lo intrigaba: Egidius Braun.

El sacrificio

No era extraño que Egidius Braun saliera temprano a caballo para recorrer El Vigía. Protegiéndose del sol con un sombrero panamá, a veces se detenía en los esteros para perderse en pensamientos no siempre precisos. También le gustaba contemplar el ganado y observar largamente a los sementales, conjeturando posibles mejoras a la raza que había logrado. Aquella mañana calurosa, sin embargo, los vio con tristeza e incluso les mostró un afecto desacostumbrado. Luego revisó los enormes fosos que había mandado cavar y, circunspecto, caminó por las plantaciones. Comió solo y poco, y no se acostó a dormir la siesta.

El día anterior había mandado llamar a Federico Lozano y, luego de hablar de asuntos comerciales, le confesó que la decisión estaba tomada, por lo que le pidió que lo acompañara hasta el almacén, del cual sólo él tenía la llave. En la penumbra de cajas apiladas, Braun abrió una de ellas y empezó a ensamblar con secreta fruición distintas piezas de metal, que extraía de ella. Cuando terminó el armado, examinó su precisión apuntando a un blanco vago en las alturas.

—Vamos a tener que probarlos —dijo, entregándole el arma a Lozano.

Se trataba de una remesa de rifles sanitarios que Egidius Braun hubiera preferido no necesitar, y que repartió entre sus mejores tiradores para que corroboraran su funcionamiento, a pesar de que el sonido ininterrumpido de las balas inquietaba al ganado.

Aunque no era afecto a los recuerdos, mientras fumaba un puro veracruzano después de comer, Egidius Braun no pudo dejar de evocar el viaje a una feria ganadera en McAllen, Texas, donde compró uno de sus sementales más valiosos. Esa reminiscencia pronto fue dominada por pensamientos vagos que lo desasosegaban morbosamente como una repetición inevitable. No entendía las razones por las que había caído esa maldición en sus propiedades, lo enervaba que el doctor Martínez no hubiera impedido el contagio de esa enfermedad infecciosa entre sus animales y lamentaba no haber vendido esas bestias insanas antes de que su sacrificio fuera ineludible. Además, no estaban aseguradas, por lo que las pérdidas serían cuantiosas. Pero lo apesadumbraban menos las pérdidas monetarias que la desaparición del cuidadoso trabajo de años, debido a la indolencia sanitaria, y acaso recordó un sermón acerca del significado de la peste, oído hacía mucho, cuando estudiaba en Alemania.

Cuando le anunciaron la llegada de los inspectores de salubridad, los recibió con calma. En silencio, caminaron hasta los corrales, donde los esperaban Federico Lozano, el doctor Martínez, el caporal y varios vaqueros, que todavía tardaron un momento en arrear al ganado hacia los fosos que habían cavado en las últimas semanas. Las reses caminaban mansamente. Algunas de ellas manifestaban la fiebre aftosa en el hocico y las pezuñas. Apenas se escuchaban mugidos y el grito apremiante de algún vaquero, que se perdía en la lejanía. Egidius Braun miraba con detenimiento su ganado, que se fue acomodando en los fosos. Pocas vacas protestaron, reluctantes a apretarse en esas excavaciones, mientras los becerros jugueteaban siguiendo al hato.

Cuando todas las reses se acomodaron en los fosos, sobrevino un largo silencio. Con la mirada clavada melancólicamente en los animales, Egidius Braun dio la orden a Lozano con un leve movimiento de cabeza. Entonces el caporal y los vaqueros apuntaron con los rifles sanitarios. Federico Lozano hizo una seña solemne con el brazo y comenzaron a disparar.

Fue un tiroteo frenético y compulsivo, en el que los tiradores disparaban con ansiedad después de apuntar rápidamente. Los balazos quedaban marcados en las reses, cuyos estertores finales se perdían por el estruendo apremiante de las balas. Algunos animales trataban de huir, pero apenas podían moverse entre sus congéneres. Otros sacudían la cabeza en un intento desesperado de defensa. Muchos pateaban con furia contenida y no pocos se resignaban a morir con inocencia. Egidius Braun observaba sin inmutarse la ejecución de esa orden de salubridad, mientras los inspectores sanitarios conservaban su gesto de testigos burocráticos. Federico Lozano apenas podía disimular la molestia que le provocaba el estrépito perentorio de las balas y, a pesar del cansancio, los tiradores seguían apresurándose a disparar con ansiedad. La piel del ganado se fue tiñendo de sangre, aunque las reses tardaban en caer y morirse. Mientras menos eran las sobrevivientes, los tiradores debían afinar la puntería con más cuidado, lo que hizo que los disparos se volvieran cada vez más pacientes y nítidos, permitiendo que pudieran escucharse los mugidos quejumbrosos apagándose. Al final, sólo hubo balazos aislados, con los cuales los cansados tiradores respondían a cualquier movimiento vacuno, pero la agonía de las reses se prolongó hasta el atardecer.

Luego, todavía se tuvo que cumplir con meras formalidades oficiales.

Egidius Braun no cenó ese día aciago. Sólo tomó un par de whiskies que acrecentaron su melancolía. Aquella noche, un silencio desasosegante se apoderó de El Vigía.

Nota roja

El cadáver apareció una mañana cerca de Cruz de Garibay. Tenía un balazo y un periódico *Ecos de la Costa* doblado en las páginas centrales, las cuales estaban impresas con un reportaje acerca de los criminales que operaban en Colima. Se trataba de un forastero que había muerto en otro lado. Nadie se atrevió a suponer que quizá había sido víctima de un asalto, pero no faltó quien pensó que el muerto podría significar una amenaza. Más de uno adivinó en él una venganza, un crimen pasional o un escarmiento, y una anciana exclamó que aquello no era más que una maldición. Todos se compadecieron de él, salvo un viejo, que se permitió suponer que podrían estar ante una muerte justa y merecida.

No hubo discusiones, pero la policía no reconoció el cadáver del periodista Gilberto Pérez Zamora, a pesar de que había frecuentado muchas de las comarcas de la región, dando noticia de los delitos que ahí se cometían.

Según se lo había dicho al agente Joan Serra en el Cat's Bar, después de la publicación de su reportaje acerca del crimen organizado en Colima, al reportero Pérez Zamora lo habían tratado de sobornar para que no siguiera escribiendo al respecto. Serra no le creyó, suponiendo que se trataba de un alarde presuntuoso propio del periodista. Sin embargo, se interesó sinceramente por el posible descubrimiento del algodón robado en el tren de Manzanillo a Colima. Mientras tomaba cubas de ron Bacardí con Coca-Cola, el reportero le aseguró que había indicios de que esa mercancía se encontraba en las bodegas de una fábrica textil de Armería, propiedad de Federico Lozano. Quizá podía probarse que se trataba de la misma mercancía por algún sello del ferrocarril. Esa noche, se despidieron cuando el Cat's Bar ya había cerrado, y quedaron de verse dos días después en el Hotel Fénix, donde, luego de esperarlo en vano, bebiendo a sorbos un par de camparis, el agente Serra injurió en silencio a su informante por su informalidad.

Todo había sucedido en la oscuridad. Gilberto Pérez Zamora se había emborrachado en casa de doña Dolores Figueroa y caminaba como sonámbulo, sobreponiéndose al cansancio y a la obnubilación etílica, que le había dejado una felicidad obligada. Era luna nueva y apenas podía distinguir los senderos que debía recorrer para regresar a Armería. Menos que ver, de pronto sintió una sombra que le cerraba el paso. Gilberto Pérez Zamora se detuvo desconcertado, tratando de reponerse de los malestares provocados por el alcohol.

—¿Qué? ¿Ya no me conoces? —oyó que le preguntaba la sombra, adivinando que lo rodeaban varios hombres.

—Somos los que salimos en tus articulitos, y no nos gusta lo que escribes de nosotros —prosiguió la sombra, arrojándole un periódico—. Porque ¿tú eres el que escribió esto, no?

El reportero recogió el diario e intentó leerlo, pero menos la negrura que la borrachera le impidió que lo hiciera.

—No te hagas... —exclamó la voz exasperada—. ¿Fuiste tú o no?

El periodista comprendió que, a pesar de la ebriedad, tenía miedo.

—¿Que no oyes? ¿O qué?

Pérez Zamora todavía tardó en responder con un tímido "Sí."

—Entonces ¿por qué no contestas? ¿Fuiste tú o no?

—No lo sé, creo que sí...

Gilberto Pérez Zamora ignoraba que quien hablaba apenas sabía leer, que le habían contado lo que aseguraba el artículo y sólo cumplía un mandato. Más aún que la ebriedad, un terror íntimo le impedía a Pérez Zamora pensar, pero deseó que simplemente se tratara de una amenaza.

—Ya no queremos que sigas escribiendo esas cosas —afirmó la sombra desenfundando y amartillando un revólver—. ¿Entendido?

En ese momento, el periodista Gilberto Pérez Zamora no consideró que hubiera resultado mejor aceptar el soborno que le habían ofrecido. Su respuesta afirmativa se escuchó como un quejido y, atendiendo a las órdenes que le imponía el desconocido, empezó a alejarse muy despacio, con paso dubitativo.

—No voltees —le gritó con enojo la voz apagada.

El reportero siguió avanzando miedosamente, receloso de lo que pudiera ocurrir a sus espaldas. Se apresuró al distinguir un bosque de palmeras, esperanzándose porque representaba un refugio, pero cuando quiso correr, como un eco en la oscuridad, se oyó un balazo que le perforó la nuca.

En el periódico *Ecos de la Costa* no se publicó la noticia de ese crimen. Tampoco se le dedicó un mínimo obituario al que había sido su fiel colaborador. Quizá en la redacción nunca se supo que había sido asesinado por una banda de delincuentes comandada por Jacinto Gómez, alias el Mudo, ni que su cuerpo fue abandonado en un pueblo distante del lugar en el que había muerto: Cruz de Garibay, donde se le concedió un entierro en una tumba anónima fuera del cementerio.

Deseos inconclusos de un aficionado a las carreras de caballos

Aunque no lo confesaba, a Egidius Braun le gustaban los caballos, los puros veracruzanos y los cuartetos de Beethoven. Tenía una sonrisa misteriosa, despectiva y cruel. Era descendiente de una familia alemana, que había emigrado de Mecklemburgo en el siglo xix, y había estudiado agronomía en Múnich. Desde chico se había aficionado a la tuba, una bebida fermentada que se extrae de la palma. Llevado por unos amigos a conocer el hipódromo de San Siro, se había aficionado a las carreras de caballos en Milán, pero su gusto por ellas fue cultivado en Tijuana, Saratoga Springs y Louisville. No le importaban tanto las apuestas como la competencia, el galope de los animales, su sonido en la pista, la pericia de los jinetes y los propios caballos. Con frecuencia había pensado en poseer uno, pero siempre se imponía la indecisión. Sin embargo, algunos nombres permanecían en su memoria como una evocación: *Nearco* y *Ribot*, criados por el legendario Federico Tesio, *Rapid Mover* o *Romany King*, a los cuales les profesaba un afecto melancólico. Pero su caballo más querido era una yegua a la que había visto correr desde su primera carrera en Silver City, Nuevo México. Muchas veces había considerado comprarla, pero controlaba ese deseo examinando los cuidados excesivos que requería y reafirmando la creencia de que pertenecía a una buena cuadra. Sin embargo, aquella idea caprichosa se convirtió en obsesión cuando supo que ese magnífico ejemplar había sido adquirido por Renato Tavera, un ganadero de Novolato, Sinaloa.

Se decía que, a pesar de su inmensa fortuna, Tavera era un neófito que había creado una cuadra menor, cuyos caballos corrían en competencias irrelevantes. Había comprado a *Venus* por equivocación, condenándola a un destino ignominioso en hipódromos derruidos de ciudades sórdidas. Ciertamente, esa yegua no había logrado una gran celebridad, pero era considerada un animal elegante y discreto, que se mantenía cercana a los ganadores, por lo que no pocos reconocían en ella una amenaza que, en cualquier carrera, podía dar la sorpresa. Los apostadores solían tomarla en cuenta por sus virtudes, aunque también sabían de su volubilidad, que la había llevado, algunas veces, al último lugar. Con su nuevo dueño, el destino de esa yegua impredecible era el olvido.

Jockey Club

Jacinto el Mudo Gómez, Evaristo Almada, Martín Zúñiga, el Olmeca, Cisneros y el Indio salieron de Cofradía de Juárez antes del amanecer. Pocos días más tarde fueron vistos en San Juan de Abajo, Jalisco, y no mucho después, en Milpas Viejas, Nayarit, sin que se sospechara de ellos, aun cuando no parecían comerciantes o simples viajeros. Sin embargo, en El Potrero, Sinaloa, no quisieron venderles provisiones, lo cual despertó la ira fácil del Indio, que, por un momento, pensó en ejecutar un robo sencillo, aunque hacerlo implicaría delatarse. Sólo el Olmeca, que conocía su orgullo, adivinó sus torpes intenciones y evitó el desacierto, desarmándolo con discreción. Finalmente, se instalaron cerca de La Loma para dedicarse a dos de los ejercicios más comunes de los bandoleros: la curiosidad y la espera.

Conocer La Romana no resultó tarea rutinaria. Se trataba de una finca que no prescindía de albercas, columnas, escalinatas y pisos de mármol. La resguardaban numerosos vigilantes que presumían sus armas en rondines llamativos. Las bardas eran excesivamente altas y el terreno muy accidentado, por lo que el descubrimiento de corrales, caballerizas, prácticas y costumbres fue tardado. Además, habían surgido algunas diferencias.

El Indio se sentía ofendido porque el Olmeca se había atrevido a desarmarlo. Por eso, a manera de queja, hizo crecer en él un resentimiento caprichoso que mostraba a la menor provocación. Pensaba que ese hecho representaba una humillación que debía ser saldada. Calladamente buscaba el momento de la venganza sin importarle ser descubierto.

Pero antes se suscitó el reclamo madurado durante largos días de ocio. Sucedió una tarde en la que el calor hacía más profundo el tedio y las noticias de La Romana se mantenían inexpugnables. Evaristo Almada había cazado algunas liebres y las preparó al fuego, guardando las pieles para curtirlas. Mientras comían, sólo por entablar conversación, el Indio comentó que esas pieles no tenían ningún valor.

—El valor de las cosas —repuso el Olmeca, al que a veces le agradaba volverse sentencioso— depende de uno mismo.

El Indio lo miró con odio contenido, masticando con lenta afectación.

—Como el miedo —acertó a decir satisfecho.

El Olmeca no quiso sentirse aludido y siguió comiendo con resignación, lo cual representó un pequeño triunfo para el Indio, que decidió arremeter de nuevo.

—Esos animales son muy miedosos, por eso no los quiere nadie.

—Pero saben bien —comentó distraídamente el Olmeca.

—Son como los cobardes, hasta los perros pueden cazarlos —insistió con mirada retadora el Indio.

Hubo entonces un silencio obligado, en el que el Olmeca aprovechó la masticación para pensar una respuesta aceptando el reto.

—Como los pendejos...

Antes de que terminara de pronunciar esas palabras, ya se había levantado el Indio ostentando una navaja y profiriendo insultos y retos atropellados, que evidenciaban su coraje. Almada había tirado la comida para incorporarse en un reflejo. Martín Zúñiga y Cisneros también se habían parado y observaban expectantes. De pie, el Olmeca no intentó defensa alguna. Sólo el Mudo se quedó sentado. Comprendía que la vergüenza que provoca un arrebato puede ser mayor que la que inflige una humillación. Por eso esperó a que el Indio agotara sus imprecaciones, a las cuales nadie respondía, lo que hacía que el ladrón iracundo se sintiera todavía más ofendido. El Olmeca se mantuvo atento. Almada, Cisneros y Zúñiga observaban con incredulidad la furia inútil de aquel hombre agraviado, que apenas acertó a alejarse rumiando su desgracia.

Razones de la ira

Al Mudo Gómez le disgustaban las suposiciones, pero a veces se resignaba a depender de ellas. Para descubrir las caballerizas de La Romana tuvo que guiarse por conjeturas, que demostraron ser erróneas, pero que lo condujeron a otras que terminaron hasta llevarlo al lugar anhelado. Cada mañana se demoraba en los campos cercanos para dedicarse a la observación detenida de los caballos, tratando de identificar al animal deseado, pero desconocido para él. En muchas ocasiones, creyó verlo llevado por los cuidadosos caballerangos, pero siempre se disuadía de que se había fijado en el ejemplar equivocado. Algunos días se desesperó pensando que esa yegua no existía, aunque seguía apostándose en su puesto de vigilancia menos para alimentar la esperanza que para cumplir con una rutina.

También el Olmeca, Evaristo Almada, Martín Zúñiga y Cisneros habían empezado a cansarse y, aunque no lo confesaban, la impaciencia les alargaba las jornadas en las que intentaban adivinar los secretos de La Romana, permaneciendo atentos a esa finca inexpugnable, aburriéndose del paisaje invariable, agotando los pocos pensamientos que los asaltaban. Por la noche, se quedaban callados junto al fuego, con el íntimo deseo de refutar el tiempo, sabedores de que el sueño les estaba vedado y de que, para ellos, dormir se había vuelto una pesada costumbre.

Fue durante uno de esos interminables momentos nocturnos, que no perturbaban siquiera los coyotes, cuando el Olmeca creyó ver una sombra que se movía con firmeza. Ninguno de esos hombres, iluminados por una magra fogata, creía en espíritus, por lo que afinaron la perpetua suspicacia que les era propia. Martín Zúñiga incluso amartilló su revólver. A pesar de la fuerza del viento, conforme avanzaba, la sombra fue adquiriendo forma humana. Evaristo Almada retrocedió, preparándose para desenfundar. Dispuesto para la pelea, el Olmeca conservaba la cautela. Cisneros apenas controlaba el miedo y el Mudo Gómez se puso de pie.

Quizá todos ellos sintieron, por un momento, la ignominia de la cobardía, cuando la sombra siguió acercándoseles, con desenfado y parsimonia, hasta ser iluminada por las débiles llamas del fuego. Sólo entonces pudieron reconocer al Indio, que, sin saludarlos, se acostó envuelto en una manta y cerró los ojos.

Entre las supersticiones que el Mudo practicaba sin proponérselo, se encontraba la desconfianza, el recelo, el acecho constante, el estudio detenido de cualquier movimiento, la reflexión excesiva y descreer de las confidencias. Trataba de evitar el diálogo porque creía que la conversación es una de las formas más comunes del engaño. Por eso defendía su soledad íntima y eludía toda compañía. Aquella mañana, sin embargo, salió a caballo con el Indio para recorrer los campos cercanos a La Romana y apostarse en un punto propicio de observación. El Indio parecía apesadumbrado e intentaba temerosamente mantenerse discreto, sin importunar, soportando con resignación el incómodo silencio impuesto por su acompañante. Fue el Mudo quien propició la plática franca.

—¿Y por qué estás enojado?

La pregunta sorprendió al Indio, que tardó en responder.

—No, pues sí —exclamó mientras pensaba una explicación—, pero es que el Olmeca... No sé qué se cree... No tenía derecho a desarmarme, ni a darme órdenes y menos enfrente de todos...

El Mudo sólo lo dejaba hablar.

—Además es un miedoso, porque no hubiera pasado nada... Ni modo que llegara la policía...

El Mudo esperó a que el Indio se quedara callado, rumiando las últimas aclaraciones de su rencor, antes de intervenir.

—No lo hizo con mala intención, te lo aseguro, pero no era oportuno hacer ruido. No por la policía, que ya sabemos que no es peligrosa, sino porque hubiéramos puesto sobre aviso a nuestros enemigos, que hubieran averiguado quiénes éramos, complicándonos el trabajo. Por eso lo hizo. Además, recuerda que nunca hay que perder el miedo; el que lo pierde, está perdido.

En la madrugada, los sonidos parecen un eco claro que puede escucharse en la lejanía. La neblina se propaga como las voces y tarda en extinguirse. Quizá la conversación entre el Mudo Gómez y el Indio hubiera podido oírse más allá de aquellas tierras, de la misma forma en que ellos percibían con precisión las voces de los caballerangos de La Romana. Se trataba de saludos campiranos, de exclamaciones, llamadas, mandatos e injurias entrecortadas, dirigidas a los caballos que entrenaban. El Mudo los observaba minuciosamente, buscando algún indicio revelador, cuando se escuchó un nombre, seguido de elogios animosos y órdenes apenas articuladas: "Venus." El Mudo buscó con mirada ansiosa la procedencia de ese nombre para ver aparecer, en un instante detenido, un inmenso alazán con un lunar blanco en la frente, conducido con orgulloso cuidado por su entrenador.

El recuerdo de ese animal comenzó, desde entonces, a atormentar al Mudo Gómez. No sólo en las noches áridas, en las que no tenía en qué pensar, sino durante los días, siempre repetidos, cuando intentaba volver a verlo. Incluso se olvidó de sus dolencias en la pierna. Más que la belleza del caballo, lo inquietaba tener que robarlo. Con nerviosismo, repasaba las rutinas descubiertas en La Romana, su construcción caprichosa, la posible falibilidad de la vigilancia, los riesgos de la huida. Muchas veces se desesperó, conjeturando infinitos intentos, pero todo plan se evidenciaba irrealizable. No fueron pocos los momentos en los cuales creyó sensato desistir de esa empresa poco redituable, que obedecía a un antojo insano. Sin embargo, eso significaba rendirse, lo que representaba una íntima humillación para él, que profesaba un culto irrenunciable a la voluntad. Por ello, el robo de esa bestia se fue convirtiendo en una cuestión de honor para Jacinto el Mudo Gómez.

Revelaciones etílicas

Uno de los enemigos comunes de quienes han elegido la vida criminal, es el tedio que les impone la clandestinidad y las largas jornadas de observación y espera que se requieren para dar el golpe en el momento oportuno. No pocas veces, ese ocio abundante hace que los delincuentes se delaten al buscar distracciones. También el coraje puede traicionarlos, llevándolos a cometer imprudencias fatales. El crimen, como la venganza, debe ser lento, frío y no obedecer a la ira, sino a un odio cultivado con inteligencia. El Mudo Gómez dominaba a esos adversarios íntimos con discreción, aparentando desconocerlos, manteniéndose impasible. Sin embargo, en algunas ocasiones, la molestia se apoderaba de él, volviéndolo irritable. Pero nunca revelaba esas alteraciones producidas por acontecimientos mínimos como una torpeza nimia, una frase innecesaria, un mal chiste, la desobediencia o que sus cómplices se arriesgaran en busca de entretenimiento.

Con la supuesta intención de realizar indagaciones, Martín Zúñiga y Cisneros habían adoptado la costumbre de emborracharse en los pueblos vecinos. Soportando un nerviosismo creciente, el Mudo Gómez reprimía sus reproches hacia ellos en una mirada reprobatoria. Esas andanzas podían prolongarse algunos días, lo cual enervaba aún más al Mudo Gómez, que veía llegar a Zúñiga y Cisneros todavía afectados por el alcohol, exagerando una alegría efímera, tratando de disimular los malestares etílicos o evidenciando el agotamiento causado por el desvelo. Entonces se dedicaban a dormir largo, a reponerse con holgazanería y a prepararse para una nueva incursión de holgorio.

Además de la inquietud que le provocaban esas ausencias, pues temía una delación involuntaria, causada por la locuacidad propia de los borrachos, en el Mudo creció la sospecha de que el Indio, el Olmeca y Almada empezaban a desear incursiones parecidas para combatir el hastío. Por eso, decidió interrumpir las supuestas averiguaciones de Zúñiga y Cisneros, cuya ausencia, sin embargo, se fue prolongando hasta parecer definitiva.

Muchas mañanas, Jacinto el Mudo Gómez intentó ver de nuevo a la *Venus* mientras se esfuminaba la bruma. Pero el eco en el que, a esa hora, se convertían las voces de peones, caballerangos, entrenadores y vaqueros nunca trajo noticias de ella. Volvía a examinar cada movimiento de La Romana, memorizaba las rutinas, indagaba las costumbres de la guardia y adivinaba los imponderables. Con frecuencia, mientras cabalgaba por esos parajes desolados, se sintió vencido y quizá lo asaltó un dejo de tristeza, pero siempre terminaba por imponerse el orgullo, que le impedía rendirse.

Tampoco podía dejar de pensar en la desaparición de Zúñiga y de Cisneros. Temía que los hubieran descubierto, aunque no había indicios de ello. No hubiera sido raro que los hubieran apresado por algún incidente de cantina y que su sentencia se hubiera acrecentado por mal comportamiento carcelario, pero quizá también hubieran podido cansarse de esa espera vana, desistiendo de una empresa desaforada y caprichosa, de la que no obtendrían mayor beneficio que el propio de una hazaña efímera.

En esos parajes, como en muchos otros, el sonido de los cascos delataba a los caballos. Nadie habló aquel mediodía, cuando escucharon un galope que se acercaba. Almada, el Olmeca, el Indio y el Mudo se quedaron detenidos sin siquiera mirarse. El sol prolongaba el paisaje, pero engañaba a la mirada, que debía esforzarse para poder distinguir esas visiones luminosas. Los caballos aparecieron de pronto entre esfuminaciones vaporosas. Uno de los jinetes desmontó aun antes de que el animal frenara la marcha y no disimuló su apresuramiento al hablar.

—Se van a llevar a la Venus a Tijuana. Va a correr en las apuestas...

El Mudo lo escuchó con enojo contenido, y la noticia no le impidió proferir un insulto soez contra el hombre, al que finalmente había reconocido.

A pesar de los días dedicados al alcohol, que se evidenciaban en un aliento rancio, Cisneros y Martín Zúñiga habían retenido todos los detalles necesarios para elaborar una estrategia depurada. Sostenían que debían esperar en el norte a la caravana que transportaba los caballos, donde el enfrentamiento resultaría ventajoso para ellos porque, aunque se carecía de refugios naturales, no se podría recurrir a refuerzos ni a pedir ayuda, pues en esos paisajes yermos, los poblados siempre están alejados.

Jacinto el Mudo Gómez era un hombre de decisiones rápidas y firmes. Sin embargo, la duda se apoderó de él ante la resolución de Zúñiga y Cisneros, que para él demostraba la presuntuosa determinación del borracho. Durante dos noches con sus días, el Mudo Gómez repasó pensamientos aciagos, temores y atracos imaginarios. Se negaba a creer que La Romana pudiera ser inexpugnable, pero una mañana tuvo que acceder a someterse a la estrategia de los espías briagos.

Errancias

Las cavilaciones del Mudo Gómez se hicieron todavía más inciertas y confusas en los áridos caminos por los que los guió Martín Zúñiga confiando en la intuición. Ciertamente quería apoderarse del caballo anhelado, pero se creía un tanto derrotado por poder lograrlo con una estratagema que no fuera suya. Muchas veces deseó con perfidia que erraran la dirección, pero se arrepentía de ello al recorrer las largas sendas que prolongaban esos parajes yermos. El calor sofocaba cualquier pensamiento, apenas permitía maldiciones apagadas. Los caballos sudaban con resignación, manteniendo un paso mecánico y cansado. Nadie hablaba, ni siquiera en la noche, cuando se oían rumores de lagartos, serpientes y alimañas.

Quizá nunca supieron cuántos días habían transcurrido cuando se detuvieron, quizá no les importaba. Tampoco contaron las noches que estuvieron apostados en aquel páramo elegido por Martín Zúñiga para vigilar un camino agreste y muy poco transitado, por el que, acaso, sólo pasaba un camión solitario eludiendo las contrariedades del terreno, algún hombre en mula y pocos caminantes ocasionales. El viento era suave e infrecuente, únicamente el sol mantenía su presencia implacable.

En la oscuridad, los sonidos se volvían más nítidos. A veces provenían de la lejanía, pero casi siempre se podía precisar su procedencia en los alrededores. No faltaban, sin embargo, los que podían surgir de algún lugar ilocalizable. Durante las guardias, Evaristo Almada solía entretenerse identificando esas sonoridades nocturnas. En ocasiones dudaba ante el paso de una serpiente o la huida de un lagarto, y por momentos creía escuchar el trabajo paciente de los topos. No estaba acostumbrado a ciertos llamados animales, y las hojas de los pocos árboles, removidas por el aire, lo intranquilizaban, poniéndolo en alerta.

Esas sonoridades podían representar un anuncio no sólo de peligros naturales o acechos salvajes, sino de cualquier imponderable. Aquella noche, Almada creyó reconocer el sonido de un motor en la lejanía. Cuando aguzó el oído para adivinar su marcha, unos aullidos impidieron el silencio que requería para ello, por lo cual blasfemó, a manera de plegaria, para que cesaran. Su desesperación pareció prolongar el aullidero, que se fue convirtiendo en un aullido cada vez más aislado. Pero los silencios que iban estableciéndose, no eran suficientes para indagar en el ruido del motor. Los últimos aullidos resultaron los más dilatados y suscitaban la respuesta de otros todavía más agónicos. La quietud nunca se restableció del todo, pues el sonido uniforme del motor se hacía mayor, y no tardaron en aparecer dos luces, que avanzaban iluminando el camino.

Almada apenas tuvo tiempo de hacer un llamado apresurado para despertar a sus coludidos, que, sin desperezarse, se prepararon para un ataque improvisado. El Mudo gritó unas órdenes repentinas para que Almada, Cisneros y el Indio se acercaran al camino, mientras Martín Zúñiga y el Olmeca los cubrían a la distancia. Cuando sonó el primer disparo, las luces los iluminaron galopando y con las pistolas en las manos. Entonces sobrevino la balacera, que el camión trató de evitar acelerando. El estallido de los neumáticos que reventaban, se confundió con el de las balas. No se escuchó un frenazo ni un grito. El camión simplemente derrapó y, con una lentitud que parecía detener sus movimientos, terminó por voltearse.

Luego se impuso un silencio aparente. Detrás de los cristales rotos, el conductor estaba muerto. Entre plumas volátiles y cacareos apagados, salieron tres hombres de la parte posterior del camión, con las manos levantadas a manera de rendición. Uno de ellos era chaparro y regordete, con un bigote enorme que le tapaba una sonrisa perenne. Los otros dos eran altos y delgados, con cara de azoro, cansancio y resignación, que para algunos denotaba estupidez. Los bandoleros no pudieron evitar el desconcierto. Se miraban unos a otros en busca de una orden, una explicación o un desenlace. Ninguno se atrevía a intentar cualquier acción, y todavía tardaron un momento en comprender que habían atacado el camión equivocado.

—Y ahora ¿qué hacemos?

La pregunta de Cisneros sonó como una amenaza para los perplejos del camión, que mantenían las manos levantadas. Mientras, el Mudo se cercioraba de que el camión estaba compuesto de gallinas.

—Ni modo —dijo después de pasearse alrededor de las aves apretadas en jaulas diminutas—, vamos a tener que matarlos, si no, pueden rajar...

—¿Aquí? —preguntó Cisneros sin poder disimular cierta indecisión.

—Donde quieran —respondió el Mudo alejándose, sin pretender ocultar su enojo. Todavía tardó en escuchar tres tiros certeros que, sin embargo, no lo hicieron voltear.

Las gallinas les sirvieron de alimento, aunque algunas tuvieron una larga agonía, sofocadas por el calor. El Mudo Gómez contenía la ira que le provocaba el ataque fallido y, en silencio, empezaba a resignarse, reconociendo su derrota. Miraba el camión equivocado, que obstruía el camino y se deterioraba, cubriéndose de polvo, y se sentía afrentado. Sabía que su ostentosa presencia terminaría por delatarlos, descubriendo los cadáveres en descomposición, que ya habían atraído a los zopilotes.

Sin embargo, no pasó nadie por ahí en todo el día. Calladamente, la indecisión se apoderó de los bandidos, que entendían que debían abandonar su posición, pero ignoraban el rumbo que les convenía emprender. El Mudo no se decidía a impartir órdenes; sólo dispuso estar preparados para un huida posible. El Olmeca y Martín Zúñiga cavilaban, Cisneros y el Indio se desesperaban, y Evaristo Almada esperaba sintiendo el viento suave.

En la tarde, el calor hizo más sofocante el hastío, y el ocio se convirtió en un letargo irreal, en el que todo suceso parecía una visión solar. Por eso, los gritos del Mudo se perdieron en la pesadez del tedio. Les ordenaba a todos que montaran con premura para alejarse de inmediato, pues, como una amenaza, se escuchaba el sonido de motores que se acercaban. Se apresuraron hacia el oriente, pero el Olmeca se detuvo un momento para ver aparecer, en el horizonte desolado, a una camioneta, que se alargaba en un remolque, seguida de un automóvil.

El Olmeca anunció su hallazgo con desesperación. Sus llamadas fueron escuchadas con escepticismo por sus coludidos, que regresaron con paso negligente sobre sus caballos y todavía tardaron en comprender el significado que, para ellos, podían tener aquellos vehículos.

Aún no comenzaba a atardecer, pero la luz oblicua del sol cegaba al conductor de la camioneta, que apenas distinguió un obstáculo en el camino, que lo obligó a detenerse. Se bajó de la camioneta con su acompañante, suponiendo que se trataba de un accidente. Pronto se les unieron, con ansiosa curiosidad, quienes iban en el auto trasero. En el interior del camión volcado, sólo vieron un cadáver que, entre vidrios rotos, sostenía el volante.

Antes de que pudieran intentar cualquier conjetura, oyeron un balazo certero, que quedó marcado en el conductor de la camioneta. Quizá los demás lo vieron morir, quizá escucharon otros disparos, que los eliminaron a todos en un momento. En la agonía, quizá alguno pudo pensar que habían caído en una estúpida emboscada.

Pero la *Venus* también había caído. Permanecía inmóvil en el suelo, temblando nerviosamente, con el miedo reflejado en la mirada. El Indio blasfemó contra un posible tiro equivocado, mientras el Mudo Gómez miraba confundido al animal, que respiraba en un lánguido gemido. El Olmeca y Zúñiga observaban absortos las dolencias de la yegua enferma de angustia, y Cisneros se lamentaba con cínica inocencia. Sólo Almada sabía de caballos y comprendió lo que aquejaba a aquel valioso ejemplar. Con una habilidad que pareció fuerza, logró levantarlo y controlar el coraje que lo paralizaba, dominándolo en una corta carrera en círculos.

Tribulaciones de un agente de seguros

Al agente Joan Serra no le gustaba que lo regañaran porque para él representaba una humillación. Sentado en la barra del Bar Social de Manzanillo, rememoraba con rencor la disputa que había sostenido con su jefe, el licenciado Gutiérrez, un mexicano de bigotito, al que despreciaba, y que se había burlado de sus informes.

—Tiene usted mucha imaginación, señor Serra —le había dicho con ironía despectiva.

Mientras sorbía pausadamente su campari, repasaba su rabia repitiendo los mismos pensamientos, que derivaban en un insulto contra el periodista Gilberto Pérez Zamora porque, siguiendo sus desordenadas costumbres, había desaparecido. El licenciado Gutiérrez lo había llamado para burlarse de él. Necesitaba ese dictamen, pues el cliente lo estaba apresurando para que se realizara el pago.

—Usted comprobó que el tren fue robado, y gran parte de la carga que transportaba fue quemada ¿o no? —le había dicho el licenciado Gutiérrez mientras fumaba un puro veracruzano—. Entonces, redacte su dictamen por pérdida total, lo firma y ya; nos quitamos de problemas.

En sus pensamientos repetitivos, apenas interrumpidos

por los sorbos de campari, Joan Serra dudaba de Pérez Zamora y se reprochaba haber confiado en un periodista, pues suelen pervertir la realidad. Sin embargo, sus informaciones parecían fundadas. Entendía que un hombre no puede guiarse por sospechas y se despreciaba por no haber cumplido correctamente con su deber, ya que hubiera podido entregar su dictamen hacía mucho tiempo y, para él, cualquier retraso denotaba displicencia. Cuando pidió otro campari, pensó en su jubilación sintiéndose derrotado.

Memorias del herradero

Luego de la matanza sanitaria de reses, El Vigía se había vuelto una finca desolada, en la que parecía no suceder nada, a pesar del próspero cultivo de limones y de que los peones se afanaban en sus tareas cotidianas. Sin embargo, cuando el Mudo Gómez, Martín Zúñiga, el Olmeca, Evaristo Almada, Cisneros y el Indio llegaron hasta la entrada una noche, no vieron a nadie y encontraron la puerta cerrada. Su aspecto fantasmal de polvo, sudor y cansancio los hacía todavía más abyectos. Ninguno de ellos había sentido la felicidad imaginada, cuando lograron atrapar a la yegua deseada. Ni siquiera el Mudo Gómez, que la había cabalgado, experimentó el placer que puede provocar la monta de un buen caballo. En el camino de regreso, nadie había hablado, y el sol sobre el paisaje yermo terminó por acrecentar su hartazgo existencial.

Sólo el caballerango los reconoció y los dejó entrar, con una recelosa extrañeza, porque le dijeron que llevaban un caballo para el ingeniero Braun. Con la misma suspicacia, examinó al animal aludido, al que consideró de una belleza común y demasiado dócil.

Cerca de la casa estaba estacionado un coche de la policía, lo cual convenció al Mudo Gómez de que habían llegado en un momento inoportuno. De inmediato pensó en la retirada, pero luego creyó adecuado esperar una señal.

El caballerango los vigilaba con despectiva curiosidad y trató de entablar conversación para indagar su procedencia y las razones de su apariencia maltrecha.

—¿Qué? ¿De dónde vienen? —preguntó sin ocultar su interés.

—De aquí no'más, tras lomita —respondió el Mudo encendiendo un cigarro.

—¿Y qué? ¿Fueron a traer el caballo?

—Más o menos.

—Está bueno...

Después se impuso un largo silencio que fue roto por un rumor proveniente de la casa; se trataba de Egidius Braun, que salía sonriendo a recibirlos. Cuando se acercó, descubrieron que lo seguían Federico Lozano y el comandante Treviño.

Egidius Braun se acercó a contemplar a la *Venus*, la acarició con admiración, tratando de contener la alegría, y ordenó que llamaran al veterinario para que la revisara.

Con cierta displicencia, Evaristo Almada permaneció a la distancia, observando los cuidados que se le dedicaban al caballo privilegiado, que parecía asustado. No le extrañaba la presencia del jefe de la policía porque ya había oído de sus tratos con "el ingeniero", como llamaban a Egidius Braun. Sin embargo, el comandante Treviño prefirió retirarse pronto, alegando que tenía mucho trabajo. El Indio, por su parte, se había sentado con desparpajo a descansar. Martín Zúñiga y Cisneros buscaban, con premura, algo de comer y el Olmeca aguzaba la mirada, que le brillaba en la oscuridad. Almada fue el único que vio llegar a Sacaruto acompañado de un hombre pequeño con lentes verdes, siempre empañados, y un bigotillo tembloroso por el movimiento compulsivo del labio superior, que llevaba un maletín de médico.

Cuando se acercaron a la yegua robada, Almada creyó reconocer al hombre del maletín, que, angustiado, empezó a revisar a la *Venus* y a aplicarle los primeros tratamientos profilácticos.

—¿Cómo está, doctor Martínez? —todos entendieron que la pregunta de Egidius Braun se refería a la yegua.

Con un nerviosismo creciente, el veterinario balbuceó una respuesta vaga, que Egidius Braun, absorto en la admiración del ejemplar anhelado, no escuchó.

Con una seña ligera, el Mudo Gómez, que llevaba bajo el brazo una caja de puros veracruzanos, le indicó a Almada que debían retirarse.

Evaristo había tardado en reconocerlo con precisión, pero el doctor Martínez era aquel médico que Martín Zúñiga y el Olmeca habían llevado para curar al Mudo Gómez de la herida que recibió cuando intentaron robar un semental del rancho San Francisco. En silencio, Evaristo Almada injurió a Zúñiga porque consideraba que contratar a un veterinario para atender a un hombre, representaba una afrenta. Ignoraba que quien entiende de animales, también puede saber de personas.

Los trashumantes

Egidius Braun finalmente recibió el pago del seguro por el algodón que él mismo se había robado. Sin embargo, el día que entregó su dictamen, el agente Serra fue encontrado en una calle cercana al Bar Social. Estaba tirado en la banqueta, por lo que muchos transeúntes creyeron que se trataba de un borracho. Apenas gemía y tenía el rostro ensangrentado. Luego se supo que tenía varias fracturas en las costillas, en una pierna y en los dedos de la mano, debido al ataque de unos desconocidos, que también le habían destrozado la dentadura.

Poco después, el Mudo Gómez, Evaristo Almada, Martín Zúñiga, el Olmeca y el Indio aparecieron en casa de doña Dolores Figueroa, que no podía ocultar una animación inusitada de hombres elementales dedicados a beber y fumar retadoramente. Las conversaciones se limitaban a comentarios sarcásticos, blasfemias obligadas y recuerdos inmediatos. El cantinero no dejaba de servir tragos y las meseras se apresuraban entre las mesas, sin poder evitar la torpe lujuria de borrachos e incontinentes. En un extremo de la barra, doña Dolores Figueroa permanecía vigilante, callada, evidenciando su soberbia y su poder irrefutable.

Mientras Cisneros y el Indio buscaban lugar en la barra, el Mudo Gómez, Evaristo Almada, Martín Zúñiga y el Olmeca se sentaron en una mesa apartada y bebieron en silencio, un tanto desconcertados por aquella animación inesperada, que, de pronto, fue dominada por la mujer que la había atraído, la cual empezó a cantar, con voz agudísima, el tango *Madreselva*, acompañada al piano por un hombre engominado que se negaba a envejecer y trataba de simular apostura.

Se trataba de una cantante de León, Guanajuato, que se había hecho célebre en la región menos por sus dotes artísticas, que por su voluptuosidad y su rudeza. Se llamaba Marlene Calderón y sus bailes tangueros azuzaban la imaginación de los toscos espectadores, que luego convertían ese espectáculo en deseos confesados, idealizaciones manifiestas, ruinas sentimentales y relatos legendarios que acrecentaban la fama de aquella incitante, que nunca sonreía.

Sabedoras de la lujuria desesperada que despertaba en los hombres, muchas meretrices la seguían en sus infinitos recorridos por prostíbulos pueblerinos, tratando de beneficiarse de su efectiva incitación. Por eso, aquella noche había tantas desconocidas pretendiendo hacer negocio con sus encantos simulados. Algunas reían escandalosamente para celebrar las audacias masculinas, otras observaban al acecho de una seducción interesada, y las menos sólo esperaban.

El Mudo Gómez contemplaba con desagrado esa felicidad fabricada. Evaristo Almada, en cambio, intentaba disimular la dicha que le producía todo lo que esa cantante podía desencadenar. Martín Zúñiga miraba aquello con complaciente interés, mientras el Olmeca bebía con su acostumbrada indiferencia, que parecía mayor ante el silencio respetuoso de la concurrencia, que luego devenía en una aplauso cada vez más exultante.

Cuando Marlene Calderón terminó de cantar *La Cumparsita* y las peticiones desaforadas de nuevas canciones empezaban a decrecer, una mujer se acercó con cautela a la mesa del Mudo Gómez y pidió un cigarro. Evaristo Almada tardó un momento en ofrecerle uno, con cierto nerviosismo, y se lo encendió mientras ella le tomaba las manos para proteger el fuego, dándole las gracias con una sonrisa cansada. Luego le dirigió una mirada explícita al Mudo Gómez para preguntarle:

—¿No quieres bailar?

El Mudo Gómez apenas pudo contener el odio que le produjo esa proposición impertinente, y de nuevo se sintió humillado por la cojera, que lo marcaba desde que recibió un balazo al intentar robar un semental en el rancho San Francisco.

La música sonaba como una afrenta que se acrecentaba por la insistencia de esa mujer en busca de ganancias inmediatas. El Mudo Gómez dio un largo trago de tequila, tratando de aclarar sus magros pensamientos, sopesando las circunstancias y animándose a espetarle un insulto certero. Fue entonces cuando Evaristo Almada adivinó un desenlace violento y, para evitarlo, salió a bailar con la desconocida.

Poco después, Martín Zúñiga y el Olmeca se levantaron y se metieron en el cuarto de juego, donde la combinación de las cartas era observada con solemnidad y sospecha. El Mudo Gómez se quedó bebiendo solo, añorando un puro veracruzano mientras trataba de entretenerse contemplando a los borrachos en busca de placeres prescindibles, oyendo las desagradables risotadas de mujerzuelas, que delataban el paso de la noche en el maquillaje gastado, deplorando la música de baile, despreciando el ingenio fácil de los trasnochados, lamentando el andar cansado, entre las mesas, de aquellas que no habían encontrado afán, aburriéndose con sus pensamientos. Quizá en ese momento sintió tristeza, quizá una vaga nostalgia por recuerdos que creía ya olvidados, quizá era la somnolencia turbulenta provocada por el tequila.

Nunca se percató del instante preciso en el que reparó en que Almada había desaparecido con la meretriz, lo cual le produjo un desasosiego repentino, que se agudizó por la sospecha de que se habían ido subrepticiamente. No quiso imaginar una traición, pero se creyó engañado, cosa que le produjo una incipiente aflicción, que se convirtió en ira y en obsesión alcohólica.

Ya no se interesó por los desenlaces de la suerte del Olmeca en el juego, ni se detuvo a observar a los desafortunados que se retiraban derrotados, tratando de disimular su abatimiento. Quizá el Olmeca había sido el último en dejar las cartas antes de tomar un último trago.

La luz le anunció el momento de la partida. En la borrachera, apenas había percibido el frío azulado de la madrugada, y el sol terminó haciendo más pesados sus pensamientos obsesivos. Hacía mucho que, en la barra, se habían dejado de oír las ironías de Cisneros y la risa grosera del Indio. En las mesas vacías, sólo quedaba alguna mujer esperanzada, que no podía ocultar los estragos de la noche. Doña Dolores Figueroa se despidió de él regalándole una botella de tequila, que tomó en la mano con lenta torpeza, después de levantarse para salir hacia la apabullante realidad del día.

Cuestiones hípicas

Una carrera de caballos suele convertirse en un acontecimiento en el que convergen esperanzas y desesperanzas, el ocio displicente y el afán efímero, el entusiasmo inocente y el interés malicioso. En ellas coinciden niños dispuestos al asombro, madres preocupadas, mujeres que fingen coquetería, bebedores inveterados, apostadores compulsivos, estafadores, criadores inquietos y simples espectadores.

En Cofradía de Juárez, las carreras no eran frecuentes, pero convocaban a los pobladores de los lugares vecinos y, a veces, a algunos curiosos de Tecomán, Armería y Colima. El anuncio de los contendientes se volvía conversación obligada durante un tiempo, y el dinero empezaba a jugarse a la suerte de los caballos, creándose una devoción fiel a los animales señalados, cuya leyenda se forjaba en esas disputas de elogios y denostaciones.

No resultó extraño, por lo tanto, que Jacinto el Mudo Gómez apareciera un domingo paseándose entre vaqueros, ganaderos, comerciantes, jóvenes recatadas o indiscretas a la espera de presenciar una carrera parejera entre dos yeguas que, se decía, ganaban siempre con facilidad, pero nunca habían podido enfrentarse.

Sin temor a poder ser reconocido, el Mudo Gómez se entretenía caminando con despreocupación y observando con despectiva benevolencia a las familias que creían divertirse en domingo, a los vaqueros que intentaban una conversación con comentarios elementales, a las mujeres que se exhibían presuntuosamente, a los jóvenes convencidos de que ahí podía suceder algo más que una carrera de caballos. El Mudo Gómez rechazó las proposiciones de los apostadores y se hizo de una cerveza.

Una exclamación con tímidos aplausos anunció la aparición de los contendientes. Se trataba de dos ejemplares admirables, que no ocultaban su ansiedad y su coraje. Uno era bayo y lo montaba un indio cora. El otro era un alazán y tenía un lunar blanco en la frente. Seguido parecía tener la mirada triste y abatida. El Mudo contempló a ese caballo con curiosidad y algo de conmiseración, tardando todavía un poco en reconocer en él a la *Venus*, la yegua que se había robado en un camino aislado de Sinaloa, a la que ahora llamaban *Carlota*.

Algunos apostadores cerraban sus últimos tratos cuando arrancó la carrera, en la cual el indio cora se adelantó, haciendo uso del ardid de jalar la rienda de su oponente, que quedó un tanto desconcertado, conteniendo el enojo y la desesperación, antes de emprender la distancia con paso firme, a pesar del retraso. El Mudo Gómez quiso entablar una apuesta, al descubrir que el jinete de la *Venus* era Sacaruto, pero un hombre con sombrero panamá y traje sucio, supuestamente de lino, que mascaba chicle haciendo resaltar las imperfecciones de su rostro abultado, después de encender un cigarro sin filtro, le explicó con desprecio que, una vez comenzada la carrera, ya no aceptaba apuestas.

Luego de buscar con ansiedad a otro posible apostador, el Mudo dejó que ese impulso repentino se desvaneciera, mientras veía desaparecer a los dos caballos entre gritos, aplausos y arengas.

Entonces sobrevino la espera y el silencio, que aburría a los niños. De pronto, surgía algún comentario ansioso y acaso una réplica, que representaba una simulación de lo que podía estar ocurriendo en la carrera. Pero sólo los jinetes sabían lo que pasaba, aunque los espectadores trataban de seguir las incidencias de la competencia a la distancia, desde donde parecía que *Princesa*, montada por el indio cora, mantenía la ventaja ganada en la salida. Sin embargo, entraron parejos a la curva, a la salida de la cual, la *Venus* perdió el paso. Después de la carrera, con parquedad, Sacaruto atribuiría el hecho a las malas artes del cora.

Cuando se percató del incidente, un viejo apacible se permitió una maldición, pero un hombre, cuyo rostro no podía ocultar una ruindad atroz, se apresuró a aclarar que se había resbalado.

El sonido del galope de los caballos, los golpes desesperados con el fuete, las voces de los jinetes se hicieron cada vez más nítidos. La *Venus* entró ligeramente retrasada a la recta final. El rostro de Sacaruto delataba una orgullosa decisión y un odio contenido. El indio cora perdió un momento por voltear a verlo y, al sentirse alcanzado, le cerró el paso a su contrincante. Pero la *Venus* no se detuvo, rebasándolo antes de la meta y provocando la caída del jinete ladino.

No tardaron en aparecer las quejas y las imprecaciones, que pretendían invalidar la victoria. El hombre que llevaba la mezquindad reflejada en el rostro clamaba trampa, extorsión, robo, aludiendo a que Sacaruto había derribado ilegalmente a su contrincante. Mientras, el indio cora rumiaba su rencor en el suelo, con la cara llena de tierra.

Aun antes de que la contienda fuera declarada legal, los apostadores cumplieron con los pactos y los espectadores empezaron a dispersarse. El Mudo Gómez todavía bebió una cerveza antes de decidirse por la retirada. Fue entonces cuando divisó a Evaristo Almada, cobrando sus ganancias, antes de alejarse en compañía de la mujer que había conocido en casa de doña Dolores Figueroa, la noche en que se había presentado la cantante Marlene Calderón.

Minucias policiales

Aunque era policía, el comandante Treviño no observaba ninguna rutina, por lo que se le podía encontrar en cualquier parte: a veces estaba en la cantina, a veces realizaba rondines o se permitía visitas a diferentes haciendas; emprendía viajes con frecuencia y, en ocasiones, también trabajaba en su oficina. Ahí lo halló, fumando un puro veracruzano, un hombre alto, que quería ser elegante y que se presentó con el nombre de Juan Francisco Sámano. Era de Colima, pero vivía en Guadalajara, donde ejercía el comercio. Según dijo, necesitaba hablar de un caso personal con el comandante, el cual le ofreció asiento con una sonrisa maliciosa.

—Dígame, ¿en qué puedo servirlo?

El desconocido le refirió entonces la historia de su madre, una viuda que tenía un rancho en Tecomán y solía viajar en tren para ver a sus hijos, que vivían en Guadalajara y Manzanillo. Como podía suponerse, ya se había acostumbrado a esos viajes, los cuales, sin embargo, había suspendido, hacía no mucho, porque, según dijo, en el último de ellos había sido "vejada" en un asalto, por lo que había dejado de confiar en los ferrocarriles hasta que no se detuviera y se castigara a los delincuentes.

El comandante conocía la denuncia, pero sus pesquisas lamentablemente no habían prosperado por la complejidad del caso, en el que incluso había intervenido una compañía de seguros, que había asegurado un cargamento de algodón.

Juan Francisco Sámano, al que quizá sus amigos llamaban "Paco", escuchó al comandante Treviño con atención fingida, conteniendo la impaciencia, acaso repasando sus pensamientos en busca de la manera apropiada de concluir una proposición contundente.

Las explicaciones del comandante derivaron en un comentario interminable acerca de la inseguridad creciente y de la indefensión de la policía, la cual, con recursos mínimos (y con un gesto señaló su oficina), debe enfrentar a delincuentes cada vez más poderosos.

Luego se levantó, disponiéndose a despedir a su visitante, al que le aseguró que seguirían en busca de esos y de todos los criminales de la región.

Pero Juan Francisco Sámano todavía se detuvo un momento, antes de atreverse a ofrecerle una recompensa considerable por la captura de los ladrones. La cifra mencionada resultaba tentadora por un trabajo muy sencillo, por lo que, cuando se quedó solo, el policía no pudo evitar volverse pensativo y considerar los perjuicios que podría atraerle el cumplimiento de ese trato.

Consideraciones de El Vigía

En El Vigía ocurrían muchas cosas, pero no se hablaba de ellas. Las historias que ocupaban las conversaciones trataban de cotidianidades transformadas en sucesos por la insidia y el escarnio. Una disputa distante, el infortunio repentino de cualquiera o algún incidente familiar podían convertirse en entretenimiento esporádico de vaqueros parcos y cocineras hastiadas. No fue raro, por lo tanto, que ahí se propagara la noticia de los amoríos de Evaristo Almada con una prostituta en desgracia, que buscaba fortuna en la caravana que solía seguir a la cantante Marlene Calderón. Los comentarios burlones y las risillas morbosas corregían el acontecimiento, precisando las posibles intrigas que lo volvían atractivo. Con torpe crueldad sardónica se aseguraba, por ejemplo, que el Mudo Gómez parecía resentido por los celos, pues su hombre más leal ya no le hacía caso.

No se mencionaba, en cambio, el humor sombrío del ingeniero Braun, que dedicaba largas horas a fumar escuchando cuartetos de Beethoven. Quizá rumiaba su desencanto, quizá repasaba dolorosamente sus errores o quizá se detenía en íntimos pensamientos de pequeñas glorias y recuerdos malogrados. A veces bebía, y entonces rememoraba la admiración que le había guardado a una yegua. Esa fascinación había atraído la desgracia del animal, por el cual había apostado repetidas veces, sintiendo un inmenso placer al verlo correr con fortuna en hipódromos de la frontera. Por eso se la había robado. Sin embargo, no podía hacerla competir con un nombre falso en las carreras que merecía y que hubiera ganado, pues temía que pudieran descubrir su identidad, y, con ello, al autor del hurto. No sabía arrepentirse, pero comprendía que había menospreciado a los criadores de caballos, que constituyen una sociedad cerrada en la que todos se reconocen. En esos momentos quizá se permitía sentir conmiseración por aquella yegua, la *Venus*, a la que ya no veía correr porque le parecía ignominioso haberla condenado, de alguna manera, a participar sólo en carreras parejeras.

Una noche, el comandante Treviño se presentó sin anunciarse y, con cautela, pero sin titubeos, se permitió informarle que necesitaba un culpable, por lo que iba a proceder a ejecutar un arresto.

Egidius Braun lo miró sin inmutarse. El comandante sabía que a su interlocutor no le gustaban los presos porque suelen ser indiscretos, por lo que tuvo que apresurarse a aclarar que había considerado todos los imponderables y no podía haber delaciones, porque, en el fondo, todos, hasta las víctimas, eran cómplices.

—Entienda que es necesario —terminó diciendo con ironía soterrada—; le aseguro que el culpable será mudo.

La Repudiada

G<small>ISELA</small> S<small>ÁNCHEZ NO PODÍA DEJAR DE COMPORTARSE CON</small> una coquetería maquinal y desgastada. En su rostro podía adivinarse una belleza caduca. Poco quedaba de la sonrisa seductora con la que había atraído inocentemente a hombres peligrosos, y su mirada ya reflejaba un hastío antiguo.

No era tan vieja, pero aquella tarde de domingo, esa cara mostraba desarreglos inmediatos que las lágrimas, los incontinentes mocos y los tímidos quejidos hacían todavía más evidentes. Cuando Evaristo Almada la vio, supo al punto que la habían golpeado.

—¿Qué te pasó? —fue la pregunta obvia que Almada no acertó a contener.

Gisela Sánchez, la mujer a la que había conocido en casa de doña Dolores Figueroa, con la cual sostenía un amorío incierto, sólo pudo exclamar que le habían pegado, y sus explicaciones incipientes se perdieron en lamentos confusos, que empezaron a enervar a Almada, a quien no se le ocurrió intentar consolarla.

Según parecía poder entenderse entre gemidos, llanto y algunas maldiciones quejumbrosas, había sido el Mudo Gómez.

El desconcierto y el enojo creciente de Evaristo Almada hacían aún más incomprensibles las revelaciones entrecortadas de la mujer ultrajada, que intentaba contenerse y tardó un tiempo en limpiarse la cara, descubriendo con ello la contundencia certera de los golpes que había recibido.

También los brazos y las piernas mostraban contusiones, raspones y cortadas, cuyas primeras curaciones con alcohol fueron lentas y dolorosas, permitiéndole a Gisela Sánchez, sin embargo, hacer un relato de lo sucedido.

El Mudo Gómez había aparecido a mediodía. Quizá iba en busca de Almada, pero su coraje creció cuando vio a Gisela Sánchez, a la que trató de convencer de que lo acompañara con palabras cada vez más duras, que pronto se convirtieron en amenazas, las cuales no tardaron en volverse insultos y golpes desesperados. Gisela Sánchez sostenía que había querido raptarla, pero no había podido.

Almada escuchaba en silencio, destilando disimuladamente su ira, midiendo su odio creciente, meditando su crueldad.

Fue luego de un silencio, cuando, en un arrebato de decisión, Gisela Sánchez se atrevió a confesar que, hacía mucho, había sostenido un amasiato con el Mudo Gómez. Entre sollozos contenidos, contó que, como otras mujeres, después de separarse de su amasio, creyó que sólo podía dedicarse a un oficio: complacer a los hombres. Aunque no había ganado mucho dinero, no se arrepentía. Pensaba que finalmente se había impuesto el olvido de ese amor malogrado, pero, al parecer, su inesperada aparición había perturbado a quien había sido su amante. Sin embargo, quizá se trataba de un simple ataque de celos.

Exhausta por los dolores y el llanto, sintiéndose apaciguada por su franqueza, Gisela Sánchez pudo entonces quedarse dormida.

Evaristo Almada la miró todavía un momento, antes de probar su Winchester '73 y salir con decisión en busca de venganza.

Manual práctico de guardia

Vigilar sin ser notado no es una tarea fácil. La observación atenta requiere de una mesura adecuada para no perturbar al objeto que se pretende examinar. Cuando advierte la vigilancia, el vigilado trastorna su comportamiento y trata de evadirse.

El comandante Eusebio Treviño creía que lo sabía todo. Conocía los secretos de los habitantes de la región sin tener que acecharlos, porque ellos mismos se dedicaban a espiarse morbosamente y a propagar las intimidades ajenas. Incluso los más mesurados recurrían a él, y era frecuente que le compartieran los beneficios de sus misterios. Por eso, las pesquisas de la policía resultaban cordiales y complacientes, pues se debía actuar con discreción, en el momento oportuno, sin escándalos ni molestias innecesarias.

No debe parecer extraño, por lo tanto, que el comandante Treviño supiera dónde se refugiaba la víctima elegida. Sin embargo, esperaba, con paciencia, las circunstancias favorables para sorprenderlo. No quería ejecutar un arresto común, pues requería de un suceso ejemplar, de una noticia justiciera, de una historia memorable. Por eso vigilaba con detenimiento a distintos hombres, reconociendo sus rutinas, sus ilusiones elementales, su torpe desesperanza.

Aquel domingo empezó a llover cuando vio pasar a Evaristo Almada en una actitud que podía considerarse sospechosa. Se trataba de una tormenta tropical propia del verano. El comandante Treviño decidió seguirlo con cautela. La lluvia resonaba en el lodazal que pisaban con firmeza los caballos. Almada avanzaba con determinación. Parecía obcecado, por lo que no se percataba del aguacero que lo empapaba, ni se detenía en conjeturas ni temores. No supuso que podían estarlo siguiendo. En el camino, únicamente se dedicó a cultivar la ira.

En Cofradía de Juárez, se detuvo en un rancho abandonado, que pertenecía a doña Dolores Figueroa. Desmontó del caballo y, con su Winchester '73 en la mano, gritó bajo la lluvia.

—Mudo, cabrón, sal de ahí, grandísimo hijo de puta.

Luego sólo se escuchó la tormenta, por lo que Evaristo Almada tuvo que proferir nuevos insultos, tratando de provocar a su enemigo.

—Sé que estás ahí, maricón. Sal, pinche rata —exclamó entre las abundantísimas gotas de agua que lo mojaban, sin advertir que era observado por el comandante Treviño, el cual se había escondido en la maleza.

El reto se prolongó hasta la desesperación y, finalmente, Almada anunció con injurias elementales que iba a entrar a la casa en busca de su cobarde enemigo.

Había comenzado a caminar con reserva, cuando se abrió la puerta y apareció el Mudo Gómez con una botella de tequila.

—Vengo a matarte, así que defiéndete —dijo Almada impostando cierto sosiego, pero la impasibilidad del Mudo, que le dio un trago a su botella, recargado en el marco de la puerta, lo enervaba.

Almada agotó todos los insultos que se sabía, tratando de humillar a su adversario, que lo miraba con desprecio.

—Eres un pobre pendejo —dijo finalmente el Mudo con desgano.

Sintiéndose menospreciado, Almada se acercó al Mudo Gómez sin disimular su enojo y le tiró un golpe de culata en la cara, el cual fue esquivado con habilidad meditada por su enemigo, que respondió al ataque con un certero gancho al hígado, un rodillazo con la pierna coja en los bajos y un volado de derecha.

Bajo la lluvia, Almada cayó aturdido en el fango y apenas se percató de que el hombre al que tanto odiaba le lanzaba su Winchester '73, aconsejándole que mejor se regresara a su casa.

Cuando atravesaba el umbral del rancho ruinoso que habitaba, Jacinto el Mudo Gómez oyó que lo llamaban. Se detuvo un momento antes de seguir caminando, pues sabía que, si volteaba, quien había pronunciado su nombre trataría de matarlo; si se mantenía de espaldas, dispararle significaría una cobardía. Avanzó un par de pasos precavidos y quizá temió que el inquieto Evaristo Almada pudiera atreverse a cometer la traición pusilánime de atacarlo por detrás. Sólo se escuchaba el sonido de la lluvia. A pesar de su pierna inválida, en un movimiento inesperado, el Mudo Gómez giró para quedar de frente, con el revólver dispuesto. Sin embargo, tuvo un breve desconcierto al ver a su oponente todavía en el suelo, manchado de lodo, apuntándole con la Winchester '73 que él le había regalado.

Después de los disparos, sobrevinieron los gritos de dolor. Entonces apareció el comandante Treviño que, con la pistola en la mano, se acercó a Jacinto Gómez, alias el Mudo, que terminaba de agonizar. Luego se dirigió a Evaristo Almada, que gimoteaba con una herida en el hombro.

—Vámonos, estás arrestado.

Ejercicios espirituales

En la cárcel, Evaristo Almada no aprendió nada. Tampoco hizo amigos ni se desesperó contando los días de su condena. Pronto se acostumbró a la comida y a su celda oscura y maloliente, que compartía con un anciano que tenía el rostro duro y trataba de inspirar respeto aparentando maldad. Estaba acusado de robo y de haber consumado cinco asesinatos sólo por crueldad. Hablaba poco y, cuando se emborrachaba con el alcohol clandestino de la prisión, profería amenazas excesivas que carecían de destinatario. Sin embargo, Almada lo sorprendió, muchas veces, rezando con un fervor inquietante.

Aunque consideraban que su destino era irrepetible, los presos habían cometido delitos similares. Se trataba de pequeños ladronzuelos, de golpeadores de arrabal, de matoncetes, de criminales pasionales. Entre ellos se distinguía un proxeneta amanerado al que llamaban *La Panameña*. Había sido bailarín y se le culpaba de raptar menores para venderlas en prostíbulos de pueblo. Pero el que se había vuelto el más popular de los convictos era un oficinista, cuya conversación estaba hecha de chistes y cuyo delito consistía en haber quemado una cantina.

Evaristo Almada nunca sospechó que quizá no había matado a Jacinto el Mudo Gómez, el cual, aquella tarde de domingo, había recibido dos balazos letales: uno en la frente y otro en el estómago, provenientes de armas distintas: una Winchester '73, que pertenecía al acusado, y la Remington del comandante Eusebio Treviño. Pero no se necesitaba resolver esas minucias legales en un juicio en el cual el culpable había confesado su crimen, cometido en presencia de un testigo de excepción: el jefe de la policía local. Según lo había reconocido la única sobreviviente, se acusaba, además, a víctima y victimario de haber encabezado un robo al tren de Colima, hecho en el cual se había cometido un asesinato múltiple.

Al comienzo de su condena, Almada se entristecía los días de visita porque Gisela Sánchez, la mujer que creía haber amado, parecía haberse olvidado de él, o quizá se avergonzaba de sus actos homicidas. Ciertamente no se trataba de una mujer que pudiera dedicarse a visitar a un reo, a llevarle comida y tabaco, a llorar su desgracia en espera de su liberación, pero hubiera podido enviarle un mensaje, una nota cualquiera o un pequeño regalo de recuerdo.

Luego, las semanas se sucedieron en el hastío y la inopia. Dormía sin soñar, cumplía con la fajina en la mañana y pasaba las tardes en el patio, viendo el cielo claro, entre las conversaciones escasas que se escuchaban como un eco. A veces se quejaba del calor.

Pero su nostalgia fue cambiante, como sus recuerdos, que no tardaron en gastarse. El odio y la tristeza se confundían cuando pensaba en Jacinto el Mudo Gómez. Antes de lo que hubiera podido suponer, se olvidó de sus amores incipientes, y sus historias delictuosas dejaron de entretenerlo y de despertarle cierta complacencia afectiva. Su memoria terminó por repetir obsesivamente los largos días en la prisión, donde todo parecía detenido.

Nunca supo cuándo comprendió que también su condena se cumpliría y, entonces, deberían liberarlo. Hubiera querido no reparar en el calendario, pero el recuerdo de la fecha señalada se convirtió en una idea dominante, que lo angustiaba, pues ya se había acostumbrado a la tediosa vida carcelaria, a las amenazas no siempre incumplidas de los reclusos, a los trabajos humillantes, a las burlas de los centinelas. Lo aterraba la incertidumbre de la libertad y deseaba que el tiempo desapareciera para poder quedarse en la cárcel.

Por eso, el desasosiego se apoderó de él aquel miércoles de junio en que salió de la penitenciaría. La luminosidad sofocante del sol lo confundió todavía más. Se quedó un momento parado afuera del austero edificio de ladrillo, que era la única construcción en ese paraje desierto. Antes de que pudiera decidirse a caminar en cualquier dirección, se le acercó un hombre que lo saludó con sequedad. Cegado por la luz intensa de las tres de la tarde, Evaristo Almada apenas pudo reconocer el gesto parco, aunque un tanto enflaquecido, del Olmeca.

Nunca habían tenido mucho de qué hablar, por lo que Almada se dejó conducir en silencio por caminos que no habían cambiado mayormente y que fue reconociendo con cierta curiosidad melancólica, sin atrever preguntas ni comentarios. Sin embargo, su desconcierto se acrecentó cuando se acercaron a Cofradía de Juárez y empezaron a recorrer rumbos que recordaba con dolorosa precisión. La certeza se convirtió en temor, que tomó la forma de la resignación, cuando llegaron al rancho derruido en que Jacinto el Mudo Gómez había encontrado la muerte.

Cisneros salió a saludarlo con su efusividad natural, esbozando bromas elementales y exagerando su afecto. Con la solicitud que acostumbraba, le ofreció tequila, el cual tuvo que apurar en un brindis instantáneo. Adentro de la casa, sentados en torno a una mesa y muchas botellas, lo esperaban el doctor Martínez y dos desconocidos, que lo saludaron con sospechosa familiaridad. El Olmeca le ofreció más tequila y luego atacó al calor con un cerveza apresurada a su salud.

Apenas se intentó una conversación, que se suplía con tragos levantados en honor de la misma persona. Evaristo Almada trataba de dominar una confusión cambiante, que se ahondaba antes de que pudiera aclarar cualquier idea primaria. Le extrañaba que no hubiera mujeres para un convicto, añoraba un poco de música, requería de calma, pero no podía rehusar el alcohol que generosamente le ofrecían, aunque, detrás de sus lentes verdes, la mirada del doctor Martínez le parecía inquisitiva.

Todavía no oscurecía, y el calor resultaba sofocante, cuando apareció Martín Zúñiga, que se sentó a la mesa sin saludar, provocando una quietud repentina. Fue entonces cuando Evaristo Almada comprendió que estaba borracho, por lo que apenas pudo distinguir al recién llegado sirviéndose un tequila, viéndolo fijamente y sentenciando mientras levantaba el vaso:

—A nosotros no nos gustan los traidores.

Almada ignoraba que, entre las versiones que circulaban acerca de la muerte de Jacinto el Mudo Gómez, se había impuesto la que aseguraba que él lo había traicionado, pretendiendo entregarlo a la policía para que lo culparan de haber encabezado un robo sanguinario al tren. Sin embargo, con la complicidad del comandante Treviño, había aprovechado una distracción de su antiguo coludido para asesinarlo.

En la borrachera, Evaristo Almada tardó en percatarse de que Martín Zúñiga caminaba hacia él con el vaso de tequila en la mano, por lo que se levantó instintivamente para responder a un nuevo brindis. Sin embargo, en ese momento sintió que le reventaban una botella en la nuca, lo que hizo que se cayera. Trató de incorporarse con torpeza, pero cuando quiso apoyarse en uno de los desconocidos, recibió una patada en la nariz como respuesta. Ni siquiera sintió la sangre ni el dolor, que lo fue adormeciendo. Ya no pudo gritar cuando le pisaron la cara, ni se quejó del quebrantamiento de su pierna, el cual comenzó con un ruidillo nítido en la rodilla. Los golpes certeros en el hígado fueron más efectivos que la furia obsesiva en contra de su virilidad. No reconoció al Olmeca cuando le rompió el palo de una silla en la boca, mientras que, con un gesto perverso, Cisneros le torcía el brazo izquierdo hasta fracturarlo. Hubo patadas, codazos, blasfemias y escupitajos. Los golpes menos prácticos fueron los más llamativos y sanguinolentos. Alguno de los golpeadores se regodeaba en la ira desatada contra ese miserable, pero Cisneros contenía la risa. Fue menos el cansancio que el aburrimiento, lo que rindió a los golpeadores compulsivos.

Cuando el cuerpo atacado quedó inerte y mancillado, el doctor Martínez se acercó a él, con indolencia, para practicarle un riguroso examen médico y corroborar que el apaleamiento había sido efectivo.

La penitencia

Evaristo Almada tuvo que acostumbrarse a vivir con el dolor. A pesar de los golpes recibidos, no sufrió deformidades, pero sus movimientos evidenciaban las dolencias físicas que padecía. No se lamentaba, pero las afecciones en las rodillas, el codo y algunos huesos le impedían dormir. Sentía desagradablemente el deterioro de las vísceras y padecía disnea y pirosis. Sin embargo, aprendió a explotar el patetismo y mendigaba con impasibilidad siempre en el mismo lugar. No suplicaba compasión, sino que intimidaba a los transeúntes con su aspecto miserable.

En realidad, trataba de encubrir el oprobio que le producía la mendicidad. Se reconocía humillado por tener que ejercer esa práctica fundada en la culpa y la extorsión, lo cual acrecentaba todavía más su odio. Hubiera preferido la muerte por inanición a soportar esa vejación diaria, en la que exhibía su abyección en busca de víctimas.

Ciertamente, hubiera querido poder intentar una existencia menos penosa, pero estaba condenado a sobrellevar su desgracia ejemplar. No había sido él quien eligió esa sobrevivencia ignominiosa, sino los ladrones que lo consideraban un traidor y le habían impuesto ese castigo. No sólo debía implorar compasión; también tenía que señalar a los paseantes propicios, que terminaban siendo asaltados por Cisneros y el Indio en una de las calles aledañas.

Muchas veces, Almada intentó fugarse, pero la vigilancia a la que estaba sometido parecía infalible. Todos sus actos terminaron siendo observados con detenimiento. En una ocasión, se entregó a la policía, que se burló de él, imponiéndole, sin proponérselo, un castigo más severo. Sólo pudo convertirse en un mendigo implacable.

En Colima no hay ladrones. En realidad, esta historia ocurrió en otra parte. Fue Cecilia Jarero, que la recordaba fragmentariamente, quien me habló de ella. Poco después, mientras comíamos en un restaurante del centro de la ciudad de México, Antonio Saborit me refirió con precisión alguno de sus episodios y, sin saberlo, una tarde en el Bar Social de Manzanillo, Gabriel Magaña me contó muchos de sus desenlaces. El resto son sólo suposiciones.

Armería, un libro vaquero DE JAVIER GARCÍA-GALIANO
se terminó de imprimir el 21 de septiembre de 2002,
en los talleres de Total Artes Gráficas, S.A. de C.V.,
Francisco Landino 44, colonia Miguel Hidalgo,
13200 México, D. F. Se utilizaron tipos de la familia Trump Mediæval. El tiro fue de mil ejemplares.